생각 무게 줄이기

소란한 머릿속을 다스리는 멘탈 케어법

생각
무게
줄이기

그웬돌린 스미스 지음 | 최희빈 옮김

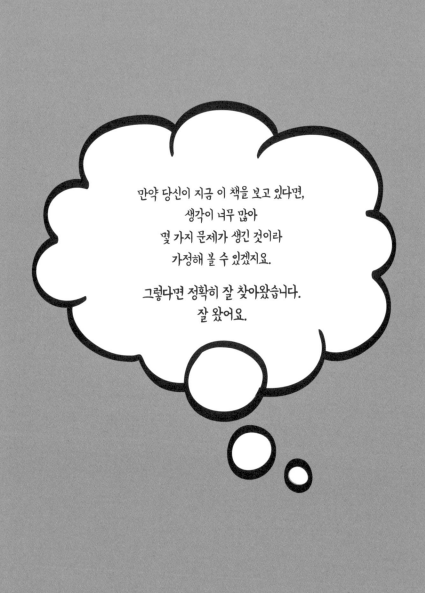

만약 당신이 지금 이 책을 보고 있다면,
생각이 너무 많아
몇 가지 문제가 생긴 것이라
가정해 볼 수 있겠지요.

그렇다면 정확히 잘 찾아왔습니다.
잘 왔어요.

오늘도 생각이 많아 걱정인 당신에게

본 책 『생각 무게 줄이기』는 이전에 출간 된 『알고 싶어, 내 마음의 작동 방식』뜨인돌, 2020의 속편이다. 두 책 모두 기분이나 불안한 상태를 다루는 데 가장 효과적이라고 알려진 인지행동치료CBT에 토대를 두고 있다. 이 접근법에서 강조하는 가장 중요한 점은 사람들에게 '자기 자신이 어떻게 생각하는지' 알 수 있게 가르쳐 주고, 자신의 감정을 더 잘 다룰 수 있는 도구와 전략을 제공하는 데 있다.

나는 상담을 하며 『알고 싶어, 내 마음의 작동 방식』이 많은 청소년의 삶을 더 나은 방향으로 바꾸는 마법을 본 적이 있다. 이 책은 걱정, 불안, 긴장 등과 같은 부정적인 감정에 휩싸여 괴로워하는 10대나 젊은 친구들의 욕구를 다루고 있다. 알다시피 이런 마음은 점차 증가하는 청소년 정신건강 문제와 직접적인 관련이 있다. 비록 이 책은 청소년을 대상으로 쓰였지만, 내용은 여전히 나이와 상관없이 모두에게 도움이 되고 있다.

더불어 나는 상담을 하면서 대다수 성인 내담자가 흔히 '생각이 너무 많다'고 여겨지는 유의 걱정을 하며 괴로워하는 모습도 보았다. 이러한 이유로, 『생각 무게 줄이기』는 조금 더 성인 독자에게 가닿을 수 있도록 집필했다. 이전 책의 사례를 빌려 이야기 하는 부분이 있지만, 지식과 실용적인 기법은 나이와 상관이 없다.

사람들은 모두 많은 생각을 하고 살아가며, 각자의 크고 작은 고민들을 안고 하루를 보낸다. 그런데 당신은 매번 왜 생각에 휘둘릴까. 꼬리에 꼬리를 물고 이어지는 걱정에, 왜 일어나지도 않은 일들에 대해 불안해하고, 잠을 설치며 하루를 망치는가. 그에 대한 설명과 해법이 본 책에 들어 있다.

본 책은 단순히 '힘내라', ' 이겨내라', '모두 다 그렇게 산다'식의 뻔한 위로를 건네지 않는다. 그렇다고 어려운 심리학적 혹은 의학적 개념들을 장황하게 늘어놓는 이론서도 아니다. 그런 책들을 당신은 쉽게 구할 수 있고, 또 이미 읽어 왔을 테니까. 본 책은 당신이 편히 이야기를 털어놓을 일종의 상담사로서의 역할을 할 것이다. 그러니 당신은 마치 내 상담실에 와서 이야기를 털어놓는 내담자가 되어, 편하게 당신의 상황에 대입을 하며 이 책을 읽기만 하면 된다. 그리고 내가 당신에게 제공하는 일종의 치료 방법들을 당신의 실생활에 조금씩 적용해나가면 된다. 물론, 본 책이 치료의 절대적인 대안은 아니다. 그러나 나는 본 책이 당신의 머릿속에 침투한 지나친 걱정을 다루는 데 좋은 영향을 미칠 것임을 확신한다.

자, 이제부터 나와 같이 차근차근 시작해보자. 생각 비우기 연습을 말이다.

CONTENTS

작가의 말 5

PART 1

나는 생각 중독?

부록

PART 2
생각 다이어트

STOP
OVERTHINKING!

오늘도 너무 많은 생각으로 하루를 망쳤다면

PART 1

나는
생각 중독?

인간이 자신이 하는 일에 빠져들어 과거를 되돌아보고 미래를 걱정하는 것은 어쩌면 당연하다. 생각하는 능력이 있기에 우리가 인간인 것이다. 그러나 생각을 너무 많이 하다 보면 부정적이고 파괴적인 생각의 소용돌이에 말려들게 되고, 이내 이렇게 말하게 된다. "저기, 문제가 생겼어."

나는 왜 생각이 많을까?

> overthink(동사) 너무 많이 생각하다
>
> 무언가에 대해 생각이 너무 많다. 즉, 무언가를 생각하거나 분석하는 데 지나치게 많은 시간을 쏟는다. 도움이 되기는커녕 훨씬 해를 끼치는 면이 있다.
>
> 메리엄·웹스터 온라인 사전

'생각이 너무 많다'는 의미의 영어 단어 overthink를 설명하는 여러 가지 정의가 있지만, 그중에서도 나는 이 정의가 가장 끌렸다. 아주 쉬운 용어로 이 말의 의미를 설명하기 때문이다. 특히, 생각이 너무 많을 때 잠재적으로 해를 끼칠 수 있다는 점을 강조한 것이 그러하다.

누구나 이따금 생각이 너무 많아질 때가 있지만, 특히 이런 사람들이 있다. 아마 당신도 그중 하나일 텐데, 원치 않는 생각이 쉴 새 없이 마구 솟아나도 이를 절대 멈출 수 없다고 느끼는 사람이다. 이때 마음속 생각은 두 가지 유형으로 구별할 수 있다.

첫 번째 유형
되새기기 _ 과거를 곱씹는 유형

"지난주 회의에서 이 말을 하지 말았어야 해."

"전 직장을 그만두지 말았어야 해. 계속 다녔다면 더 행복했을 거야."

"어제 파티에서 케이크를 먹지 말았어야 해. 영원히 살이 빠지지 않을 거야."

위의 유형은 과거에 대한 후회, 죄책감과 밀접한 관계가 있다.

두 번째 유형
**걱정하기 _ 미래를 부정적으로 보며,
재앙이 닥칠 거라고 끊임없이 예측하는 유형**

"내가 보고서를 제출하면 상사는 내 보고서가 형편없다며 내게

짐을 싸라고 할 거야. 그러면 주택 담보대출을 못 갚아서 집이 넘어가고,

우리 가족도 먹여 살리지 못하겠지." & 기타 등등

반면, 두 번째 유형은 앞으로 닥칠지도 모를 재앙을 걱정할 때 두려움과 불안이 생긴다. 과거를 되새기거나 미래를 걱정하며, 혹은, 과거도 되새기고 미래도 걱정하느라 너무 많은 생각에 괴로워하고 극심한 고통의 늪에 빠져 헤어 나오지 못한다.

인간이 자신이 하는 일에 빠져들어 과거를 되돌아보고 미래를 걱정하는 것은 어쩌면 당연하다. 생각하는 능력이 있기에 우리가 인간인 것이다. 그러나 생각을 너무 많이 하다 보면 부정적이고 파괴적인 생각의 소용돌이에 말려들게 되고, 이내 이렇게 말하게 된다.

"저기, 문제가 생겼어."

이런 과정을 거치다 보면 있지도 않은 문제를 만들어내기 시작한다. 나중에는 문제가 실제로 존재한다고 느끼고 믿으면서 점점 더 걱정하고 불안해한다. 그런 생각은 점차 굳어져 문제 해결 능력을 저하시킨다.

내가 좋아하는 또 다른 정의는 어반 딕셔너리Urban Dictionary
라는 온라인 사전에 실려 있다.

> overthinking 너무 많이 생각하기 (과잉생각)
>
> 모든 일을 망치는 아주 훌륭한 방법
>
> #복잡함 #허튼소리
>
> #어려움 #망할 #진짜 싫어

어떤가, 완전히 벗어난 해석도 아니지 않은가! 농담은 차치하
더라도, 사람들은 대체로 경험에서 얻은 지식이 많을수록 원치
않은 생각과 경험을 더 꼼꼼하게 다루려고 한다.

생각이 너무 많다고 걱정해야 할까?

사람들은 종종, 생각을 너무 많이 하는 행위가 전부 해로운 것
인지 묻는다. 내 대답은 '아니오.'다. 당신은 마치 무아지경에 빠
진 듯 시간 가는 줄 모르고 무언가에 홀린 것처럼 생각에만 몰
두한 경험이 있는가? 이렇게 몰두한 경험은 일상의 자극으로 이

어지기도 한다. 이런 상태를 '백일몽을 꾼다'거나 '다른 데 정신이 팔렸다'고 비유한다.

예를 몇 가지 들어보자.

사랑에 막 빠진 사람은 온종일 상대방만 생각하는 자신을 발견한다. 심지어 밤에 자면서 상대방 꿈을 꾸기도 한다. (백일몽도 꾸고 백'야'몽도 꾸는 셈이다.)

이게 문제가 될까? 아니다. 사람은 대부분 이런 경험을 좋아한다. 즐기면서 재미있다고 생각하지 불안해하지 않는다.

결혼식이 다가오고 있다. 어울리는 머리와 드레스를 고르고 싶어서, 온종일 여러 가지 스타일과 색깔을 고민한다.

그럼 이건 어떤가? 그렇게 심각한 문제일 리가 없다. 많은 사람이 계속해서 이런 고민을 하면서도 결혼을 하고, 전부 그러한 문제를 무사히 넘겼다!

수영 대회를 앞두고 훈련 중이다.
영법과 호흡을 끊임없이 생각한다.

그렇다면, 이것이 문제일까? 아니다. 오히려 대회에서 이기고 싶다는 간절한 소망처럼 들린다. 운동선수는 선수 시절 내내 이런 심리 상태로 살아간다. 스포츠 심리학자가 개입하는 때는 바로, 실패에 대한 두려움에 쫓기면서 이런 생각이 걱정거리로 전락해 반복되는 경우뿐이다.

골프 스윙 자세를 온종일 생각하거나, 저녁을 먹으러 온 친구들에게 어떤 새로운 요리를 선보일지 골똘히 고민하는 자신을 발견한다. 생각하고 계획하고, 생각하고 계획한다.

이건 문제일까, 아니면 신나는 일일까? 후자일 것이다.

위의 예시들에서 보았듯, 답은 내가 어떻게 생각하느냐에 달렸다. 그렇다면 다음과 같은 생각이 이어진다고 가정해 보자.

맙소사! 들러리 드레스 색을 잘못 골랐어.

내 드레스도 입으면 뚱뚱해 보일 거야. A라인의 빈티지 드레스

를 골랐어야 하는데, 풍성한 시폰 드레스라니.

사람들은 이렇게 생각하겠지.

'신랑은 왜 드레스 센스도 없는 저런 뚱땡이랑 결혼하는 거야?'

이런 유형의 생각은 두려움을 자아내고 거북할 정도로 해로
운 자극을 준다. 하지만 다음과 같이 생각이 이어진다면 어떨까?

결혼식 날을 손꼽아 기다리고 있어. 친구들도 정말 예쁘고,

우리 신랑도 멋질 거야. 내 드레스도 정말 마음에 들어.

초대장도 잘 만들었고, 식장도 완벽해.

이런 생각은 비록 아침부터 저녁까지 똑같은 주제일지라도 유
쾌한 자극을 준다. 너무 많은 생각을 했지만 그것이 문제일까?
당연히 문제가 아니다.

의사가 우려하는 상황은 너무 많은 생각 탓에 잠을 이루지 못하는 경우다. 들러리 드레스를 밤새도록 생각한다고 해서 그것이 문제일까? 꼭 그렇지만은 않다. 아마도 다음 날 몹시 피곤해서 편안하게 잠이 들 테니, 불면증으로 발전하지는 않을 것이다. 그러나 두려움에 생각이 너무 많아지면 몸에 도움이 안 되는 화학 물질이 뇌에서 분비되고, 그 결과 수면 장애가 생긴다.

긍정적인 생각을 너무 많이 하면positive overthinking, 뇌에 도파민, 옥시토신, 세로토닌, 엔도르핀과 같은, 행복해지는 화학 물질이 활성화된다. 이는 우리가 행복을 간절히 바란다는 의미이다. 또한 행복해질 거라 확신하며 긍정적인 생각을 아주 많이 반복할 것이라는 의미이기도 하다. 인간은 운동을 하고, 코미디를 보고, 음악을 듣고, 창의적인 일에 참여하는 등 여러 가지 일을 하면서 이런 엔도르핀 자극을 추구한다.

반면, 삶의 일상적인 문제를 회피하는 수단으로 쾌락을 추구하는 것은 굉장히 해롭다. 이를테면 도박을 하거나, 텔레비전만 보고, 사행성 게임장에 가고, 술을 마시는 행위 등을 들 수 있다. (몇 년 전 상습 도박을 주제로 한 콘퍼런스에 갔을 때, 기조 연설에서 재미로 도박을 하는 사람과 상습적인 도박꾼의 차이는 중독 여부라고 했다. 도박을 통해 문제를 해결하려는 사람은 중독자라는 것이다. 이는 하룻밤 두근거림과 쾌락을 찾아 단순히 오락 거리로 도박을 하는 사람과 대조되는 특징이다.)

앞선 사례에서 보았듯이, 생각을 많이 한다고 다 긍정적이지는 않다. 지금부터 부정적인 생각을 너무 많이 하는 경우negative overthinking를 살펴보자. 여러 연구에서 드러났듯이 자신의 머릿속에 갇혀 부정적인 사건에만 몰두하는 행동은 후회와 자기 비난으로 이어지고, 불안과 우울 같은 오늘날 가장 흔한 정신건강 문제를 야기할 수 있는 매우 중요한 요인이다. 이런 연구가 수백만 개가 있는데, 모두 부정적인 생각을 너무 많이 할 때 건강에 해로운 영향을 끼친다고 설명하며 경각심을 준다. 그러므로 다음 질문에 대한 답은 간단하다.

"생각이 너무 많다고 걱정해야 할까요?"

"그렇습니다. 생각이 당신의 능력을 발휘하는 데 방해가 된다면요." —로버트 시에프 박사(정신과 의사 겸 인지행동치료사)

불안한 사람이 생각도 많더라

상담을 할 때 '과잉 생각overthinking'으로 총칭되는 문제를 각기 다른 유형과 형태로 마주한다. 과잉 생각은 인기 있는 주제다. 검색 박사라 불리는 포털사이트 구글Google에 'overthinking과잉 생각'을 검색하면 2천470만 개나 되는 선택지가 나온다!(한마디 덧붙이자면, 인터넷 검색은 부정적인 생각을 너무 많이 하는 사람들이 아주 좋아하는 취미다.)

이 장을 쓰는 동안 나는 '너무 많이 생각하기'라는 말의 의미를 찾기 위해 아주 많은 생각을 하며 오랜 시간 동안 인터넷 검색을 했다. 긍정적일까, 부정적일까? 걱정한 것일까, 심사숙고한 것일까? 걱정하는 것과 너무 많이 생각하는 것은 같은 의미일까,

다른 의미일까, 혹은 조금 비슷할까? 내가 지금 너무 많이 생각하고 있는 걸까? 그렇다. 앞에서 보았듯이 이러한 질문에 딱 잘라 답을 할 수가 없다.

'생각이 너무 많다'는 표현이 정신건강 측면을 우려하는 말로 일상에 파고들기 시작했다. 동료와 내담자를 비롯해 사람들에게 생각이 너무 많은 것과 걱정이 같은지 물어보면, 대부분 그 둘을 '같으면서도 다르다'라고 생각한다. 때때로 과잉 생각과 걱정은 조금씩 섞여 있다.

이해를 돕도록, 예를 한번 들어 보자.

너무 많이 생각할 수 있지, 괜찮아. 근데 걱정이 되기 시작하네.

불안하니까 또 걱정이 되고.

그러다 보면 모든 일을 지나치게 고민되고,

내가 무슨 일을 한 건지 골똘히 생각하다가,

앞으로 어떤 일을 해야 할지 몰라 불안해져.

이 문제를 더 쉽게 이야기해 보자. 이 복잡한 심리적 현상을 걱정을 너무 많이 하는 '과잉 걱정worrisome overthinking'이라고 설명하면서, 우선 나부터 '과잉 생각overthinking'이라는 정의를 찾고 있는 이 곤란한 문제에서 빠져나오려고 한다.

당신 또한 '과잉 걱정'이라는 용어가 이 문제의 토대를 대부분 설명한다고 동의할 것이다.

임상심리학자는 생각이 많다는 점에 집중해서, 과잉 생각을 '해결책이 아닌 괴로움. 있을 법한 원인과 결과에 주의를 집중하는 것'이라 정의하며, 되풀이해서 생각하는 '되새김반추'이라는 이름을 붙인다. 또한 임상심리학자는 과잉 생각과 불안이 악마의 조합을 이루는 동반자라고도 말한다.

사례 : 건강 염려증

과잉 생각의 대표적인 예로 건강에 대한 불안 즉, 건강 염려증hypochondria을 들 수 있다. '과잉 걱정Worrisome overthinking'은 건강 염려증을 지배하는 생각 방식으로, 이 사례에서는 건강과 관련된 모든 것에 초점을 맞춰 생각한다. 예를 들면 이렇다.

아침에 나갈 준비를 하며 막 이를 닦으려는 참이다. 먼저 치실을 한다. 항상 하던 대로 했는데 피가 조금 난다. 혀를 움직여 입안에서 피가 난 곳을 찾아내니 작은 혹 같은 것이 느껴진다. 작은 걱정은 어느새 불안감을 싹 틔운다. 차를 타러 나가기 전, 잠시 짬을 내 인터넷 검색을 한다. 일종의 마음의 안정을 찾기 위한 의식이다.

[잇몸 질환] 검색.

'악! 결과가 1억 300만 개나? 너무 광범위한데. 구체적으로 검색해볼까, 빨리빨리, 구체적으로.'

[잇몸 암] 검색.

'결과가 3천750만 개밖에 안 되네, 조금 알아볼 만하겠다. 좋아. 이번엔 징후나 증상을 찾아보자.'

「구강암에 대한 위험한 징후나 증상: 씹거나 삼키기가 어려움. 입안, 목구멍, 입술에 혹이 나거나 통증이 있는 부위가 있음. 입안에 하얗거나 붉은 부위가 있음. 혀나 턱을 움직이기가 어려움.」

신뢰할 만한 글 중에서 제일 최악의 결과다! 입안을 다시 살펴본다. 여태까지 30분이나 봤는데 말이다. 혀로 잇몸을 쓸다 보니 진짜 아픈 부위가 있다. 두려운 마음을 안고, 최악의 결과를 확인하러 의사에게 갈 시간이다.

불안한 사람들의 주요 목표는 불안을 없애 기분이 나아지게
하는 것이다. 분명히 잇몸의 혹(또는 혹이라고 인지한 것)이 문제지
만, 주요한 관심은 불안한 마음을 없애는 데 있다. 건강 염려증이
있는 사람은 마음의 안정을 찾기 위해 병원 진료와 다양한 검사
에 돈을 많이 소비한다.

의사가 검사를 끝낸 뒤, 다 괜찮다고 분명히 말한다. 혀로 조심스
럽게 잇몸을 만져보니 약간 거슬리긴 해도, 의사가 처방해 준 부드
러운 젤 타입 연고를 조금 바르면 괜찮을 것 같다. 휴, 얼마나 다행
인가! 불안이 싹 사라졌다. 그러나 이는 아주 잠깐이다. 이내 '걱정
을 사서 하는 자아'가 다시 나타나 평정심을 되찾은 자아를 밀어
내고는, 더 많이 걱정하고, 더 많이 불안해한다.

학문적으로 샅샅이 살펴보거나 생각을 많이 하는 것만으로
는 실제로 큰 문제가 되지는 않는다. 다만, 지금 하는 생각을 현
실에 기초하여 더욱 유용하게 재구성하는 것을 주요 목적으로

삼는 게 중요하다. 그래야 지금 모습 그대로를 더욱 편안하게 느낄 수 있다.

> **TIP** 안정을 찾으려 할 때 주의하자! 이 사례에서 중요한 메시지는 따로 있다. 당신 스스로 불안을 줄이는 법을 배워야 한다. 다른 사람에게 의존해서는 단기적 위안밖에 얻을 수 없다.

생각이 너무 많을 때 몸은 어떻게 반응할까?

긍정적인 생각이 너무 많을 때와 비교하면, 부정적이거나 걱정스러운 생각을 많이 할 때 몸에 아주 다른 화학적 반응이 일어난다. 부정적인 생각이 너무 많으면, 흥분할 때 나오는 '아드레날린'과 스트레스 호르몬인 '코르티솔' 분비가 활성화된다. 아드레날린과 코르티솔은 두려움과 관련이 있는 화학 물질호르몬이다.

몸이 자연스럽게 보이는 싸우고, 도망가고, 멈추는 생존 반응은 이러한 강력한 호르몬 분비를 촉진한다. 심장 박동 수와 혈압이 높게 치솟고, 다른 신체적 감각을 불러일으킨다. 두렵고, 걱정스러운 생각이 단 하나뿐이라도 이 모든 반응이 나타날 수 있다.

두려움에 반응해 몸에서 아드레날린을 분비하는 것은 생존에

유리하도록 진화한 결과이다. 고대인들은 덤불에서 나는 소리에 깜짝 놀랐을 때, 공격하거나투쟁, 달아나거나도피, 정말 죽은 듯이 꼼짝도 안 하고 있었을경직 것이다. 아드레날린이 활성화되면 몸은 다리 등 전신에 피를 더 많이 보내는 대신, 위에는 더 적게 보낸다때문에 식욕은 억제되고 속은 울렁거리며 떨린다. 즉, 인지한 위협에 대처하기 위해 소화 기능을 축소시키고, 운동 기능을 극대화하여 더 빨리 달리고 신체적으로 강해질 수 있게 만든다.

고대에는 두려움이 적절한 반응이었다. 우리 선조들은 덤불 속에서 소리가 나면 그것이 자신을 해치지 않을 존재인지, 잠재적으로 생명에 위협이 되는 상황인지(예컨대 뱀, 검치 호랑이, 쥐라기 공원의 육식 공룡 같은 존재가 숨어 있는지,) 가려낼 시간이 없었을 것이다. 두려움은 살아남기 위해 절대적으로 필요했다. 두려움이란 감정은 아드레날린이 분출될 때 자연스럽게 나타나는 반응이며, 아드레날린은 무시무시한 일이 곧 일어날 것 같은 감각이 연상되자마자 분비된다.

그러나 오늘날 아드레날린은 방어 기제가 아니라 대재앙의 지표로 해석된다. 현대 정글에서는 우리가 어떻게 생각하며 느끼고 상상하는지에 따라 아드레날린 분비가 촉진된다.

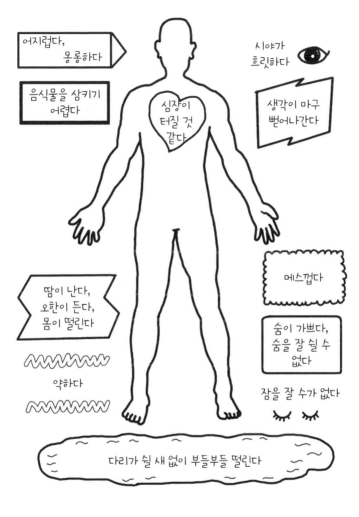

어지럽다, 몽롱하다

음식물을 삼키기 어렵다

시야가 흐릿하다

심장이 터질 것 같다

생각이 마구 뻗어나간다

땀이 난다, 오한이 든다, 몸이 떨린다

약하다

메스껍다

숨이 가쁘다, 숨을 잘 쉴 수 없다

잠을 잘 수가 없다

다리가 쉴 새 없이 부들부들 떨린다

생존반응 : 투쟁, 도피, 경직

이런 신체 반응은 몸의 '생존반응'의 일부로
싸우거나, 도망치거나, 멈출 준비를 할 수 있다.

몇몇 사람들은 자신들에게 대저택과 최고의 슈퍼카가 없고, 옷장 가득 브랜드 옷이 없고, 몸매가 완벽하지 않고, 내 아이가 뛰어나지 않기에 불행하다고 생각할지도 모른다. 심지어 이러한 생각이 사실이 아님을 알더라도 현실에서는 이러한 생각을 위협이라고 오인한다.

이러한 상황에서 두렵다는 감정이 들자마자, 몸은 아드레날린이 초래한 물리적인 신체 감각을 통해 실제 위험을 예측한다. 그러나 이 '두려움'은 스스로 만들어냈을 뿐상상이고, 이러한 상황이 생명에 위협적인 환경이라는 어떤 증거도 실재하지 않는다.

이 밖에도 알아둘 가치가 있는 사실은 싸우고 도망가고 멈추는 기제가 작동할 때, 실제로 도망가거나 싸울 태세를 갖출 수 있다는 점이다.

친구와 체스를 둔다고 상상해 보자. 화재 경보가 시끄럽게 울리고, 문틈에서 연기가 피어오른다. 부엌에 불이 났다. 하지만 체스를 계속하기로 결정한다. 과연, 그럴 수 있을까? 체스 말을 어디에 둘지 이성적으로 생각하는 능력이 자연의 섭리보다 우선할 리가 없다. 아드레날린을 연료로 삼아 초인적 힘을 활용해서 실제의 안전을 도모해야 한다. 하지만 어떤 대가를 치르더라도 체스 말을 옮기는 선택을 할 수도 있다.

문제는 이런 심리적 기제가 오랜 기간 계속해서 작동할 때 생긴다. 싸우고 도망가는 경보 시스템이 끊임없이 켜짐과 꺼짐을 반복함에 따라, 전반적인 건강과 행복에 큰 피해를 주기 시작할 것이다. 예를 들어, 다음과 같은 문제를 겪기 시작할지도 모른다.

- 소화 기능 문제
- 근육의 긴장
- 두통
- 수면 장애
- 피로

과잉 걱정이 무엇인지 이해하는 것은 중요하다. 두려움과 불안을 야기하는 상상과 더해져서 아드레날린 반응을 이끌어내는 것이 바로 과잉 걱정이다.

나는 '걱정인형'입니다

인지 행동 치료CBT; cognitive behavioural therapy의 아버지라 불리는 아론 벡Aaron T. Beck 박사가 고안한 인지행동치료 모형은 과잉 걱정의 부정적인 측면을 여러 분야로 나누고, 예를 들어 설명한다. 바로 생물학, 행동, 감정, 인지사고 분야다.(이 책의 두 번째 파트에서는 아론 벡이 제시한 치료용 양식도 볼 수 있다.)

생물학적 요인 : 신체

인지행동치료의 모형인 생물학 분야로 이야기를 시작하고자 한다. 생물학적 요인으로 불안과잉 걱정의 부작용을 겪을 수 있다는 사실은 잘 알려져 있지 않다. 다시 말해, 유전과 가족력(예: 부모의 불안) 때문에 불안장애를 겪을 위험이 클지도 모른다는 의미다. 이론에 따르면 불안장애 요인 중 유전적 영향이 (불안의 구체적 유형과 피실험 집단의 나이에 따라 다르지만)약 25~40%가 된다고 추정한다.

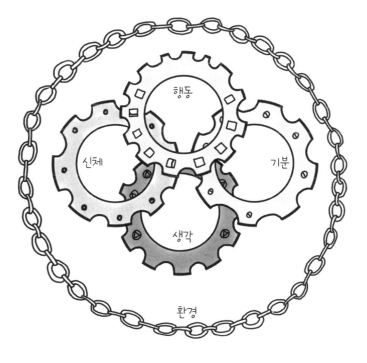

인지행동치료 모형(CBT model)

신경과학을 깊이 알 필요는 없지만, 신경과학에서 말하는 '상태 불안state anxiety'은 위협적인 요구를 받거나 위험에 처했을 때 불편하고 흥분한 감정을 경험한 상태를 의미한다. 이런 경험은 많은 사람에게 그저 지나가는 일로, 상대적으로 짧은 시간에 진정된다. 즉, 불안은 일종의 경보 시스템이라 할 수 있다.

반면에, 유전적 및 개인의 기질 등에 따라 '특성 불안trait anxiety 수준이 높은' 사람은 상태 불안을 더욱 강렬하게 경험하고, 개별 사건마다 불안을 해소하는 데 더 오랜 시간이 걸린다.

나는 종종 다음 예를 들어 불안의 유전 요인과 환경 요인의 복잡한 조합을 설명한다.

어린 시절을 떠올려 보자. 화창한 어느 날, 당신은 친구와 함께 집 앞마당에서 놀고 있다. 그때 아주 활기찬 이웃집 개가 함께 놀자고 달려든다. 당신과 친구는 깜짝 놀라 신경질적으로 소리를 지른다. 당황한 개 주인이 다가와 사과하며, 이 개는 아주 착하고 아이들을 좋아하며, 공격하려는 게 아니라 그저 함께 놀고 싶었을 뿐이라 안심시킨다. 그렇게 개 주인이 개를 데리고 떠난 뒤, 당신과 친구는 하던 놀이를 계속한다.

그러나 이때 당신과 친구 사이에 차이가 생긴다. 친구는 꽤 빠르게 안정을 찾고, 실제로 이 경험에 큰 영향을 받지 않는다.(말하자면 괴로움의 정도가 100중에 60 정도밖에 안 된다. 100은 지금껏 느꼈던 가장 불안한 상태다.)

하지만 '특성 불안 수준이 높은' 당신은 여전히 심장이 터질 것처럼 뛰고 숨을 잘 쉴 수가 없다. 두려움이 촉발한 다른 감각을 경험하며 괴로움이 90 정도로 치솟는다. 두려움은 점점 강렬해지며 이를 해소하는 데 오랜 시간이 걸린다.

나중에 당신과 친구가 그 개를 본다면, 아니, 이렇게 두려움이 커진 상황에서는 어떤 개와 마주치든 다음 장의 그림과 비슷한 모습을 보일 것이다.

같은 사건이지만 사람마다 매우 다른 경험을 하고, 다르게 기억한다. 당시 느꼈던 괴로움이 기억에 깊이 새겨진다. 이런 이유로 당신은 개를 마주치는 자극을 받으면 도망가고 싶고, 두렵다는 반응을 보인다. 친구는 개를 만나도 동요하지 않고, 기다렸다는 듯이 상냥하고 활발한 개와 함께 뒹굴며 논다.

친구

'특성 불안 수준이 높은' 당신

내가 이 사례를 좋아하는 이유는 두려움이 생기는 과정에 대해 간략한 통찰을 얻을 수 있기 때문이다. 이게 바로 당신이 기억하는 두려움의 경험이다. 두려움의 대상은 다양한다. 개, 거미, 쥐, 갈매기일 수도 있다. 그 대상이 무엇이든 상관없다.

신경생물학 조금 더 알아보기

많은 사람이 "이성을 잃었을 때, 통제가 안 되는 것처럼 느껴지는 이유가 뭔가요?"라고 묻는다. 자, 이를 가장 잘 설명하는 뇌의 두 부분을 살펴보자. 우리가 세상에 보이는 반응과 가장 관련이 있는 부분이다.

둘레계통(대뇌변연계)

둘레 계통은 종종 감정 시스템으로 언급되기도 한다.(위 질문에 적합하게 답하려면 뇌의 '비이성적인 부분'이라고도 할 수 있다.) 뇌의 깊숙한 곳에 있는 대뇌 구조물의 집합으로, 우리의 감정과 본능 및 기억을 관장한다.

위협적인 상황이 펼쳐졌을때, 편도체라고 불리는 작은 구조물은 두려움에 소리를 지른다. 다른 구조물들은 기쁠 때 반응하기도 하지만, 이런 위협 상황에서 편도체는 특히 도파민을 급히 뿜어낸다. 생존을 위협하고 행복을 망치려하기 때문이다.(개인적으로 도파민은 기쁨을 전달하는 가장 강력한 물질이라고 생각한다.)

기분이 좋을 때 뇌에서 분비되는 화학 물질은 크게 엔도르핀, 옥시토신, 세로토닌, 도파민으로 나눌 수 있다. 운동 중독자는 아주 고된 철인 3종 경기를 하고 나면 엔도르핀이 아주 많이 솟는다며 매우 즐겁게 이야기한다. 또한 산모들은 종종 수유할 때 매우 차분해진다고 하는데, 이는 뇌에서 분비하는 옥시토신 때문이다. 그래서 산모들은 편안한 마음으로 더 수월하게 수유를 할 수 있다. 세로토닌은 뇌와 소화계에서 분비되는 또 다른 중요한 화학 물질이다.

이런 비유를 해보자. 보드카 한 잔과 크랜베리 주스 한 잔을 마신 상태를 엔도르핀이라 한다면, 세로토닌은 보드카 두 잔과 에너지 음료를, 도파민은 드라이 마티니 한 잔을 살짝 저어 마시는 것과 같다. 흔들지 않고 stirred, not shaken 얼음도 올리브도 없이, 잔잔한 음악을 들으며 마시는 정통 마티니 말이다. 네 가지 물질 중 가장 강력하다.

"도파민, 흔들어서, 젓지 말고."

대뇌겉질(대뇌피질)

대뇌겉질은 (적어도 심리학에서는)뇌에서 가장 중요한 부분으로, 우리를 인간답게 만들어준다. 대뇌겉질은 인간의 뇌에서 가장 고도로 발달한 부분으로 생각과 인식, 말하고 이해하는 기능을 담당한다. 정보의 대부분은 대뇌겉질에서 처리된다. 이제부터 대뇌겉질을 뇌의 '이성적인 부분'이라 부르도록 하자.

그렇다면, 처음 질문으로 돌아가 통제불능이라는 말을 생각해 보자. 신경과학자 조셉 르두의 말을 간단히 요약하고자 한다. (내가 선호하는 설명 방식이다.)

"감정 시스템에서 인지 시스템으로 보내는 연결고리가 인지 시스템에서 감정 시스템으로 보내는 연결고리보다 더욱 강력하다."

일부 이론에 따르면 이 현상을 '편도체의 두뇌 납치amygdala hijack'라고 일컫는다. 뇌의 깊숙한 부분에서 나오는 메시지와 감각이 너무 강력해서, 마치 커다란 쇳덩이가 망사 스타킹을 뚫고 들어가는 것처럼 대뇌겉질을 뚫고 들어간다.

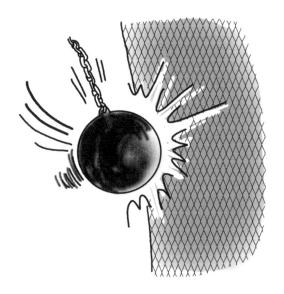

사람들이 내게 하는 또 다른 질문이 있다.

"걱정을 너무 많이 하지 않으려고 애를 써도, 걱정은 왜 사라지지 않을까요?"

무언가에 대해 생각하지 않으려고 열심히 애를 쓸수록 그 생각이 더 강렬해진다는 것을 인지한 적이 있는가? 그 생각을 회피하려고 노력할수록 더 많이, 계속 떠오르는 것 말이다.

사소한 연습을 하나 해 보자.

자, 집중하세요. 낙타를 생각하지 마세요.

낙타나 사막을 상상하지 않으면 좋겠어요.

낙타가 그려진 쿠션 커버도 안 돼요.

『내셔널 지오그래픽』표지에 있는 낙타도 안 돼요.

계속 집중하면서 낙타를 떠올리지 마세요.

잘 되는가? 장담하건대, 당신은 낙타를 더 많이 생각했을 것이다. 심리학자 다니엘 웨그너Daniel Wegner는 이러한 현상을 다음과 같이 설명한다.

"재미있는 것은, 무언가 생각하지 않으려 노력할 때 생각하지 않으려는 것이 무엇인지 되려 기억해야 한다는 사실이다. 그러므로 정신은 새로운 생각을 유지하려고 하고, 기억은 정신의 일부기에 모순적으로 그 생각을 활성화시킨다."

이렇게 상상해보는 것은 어떨까. 대뇌겉질은 문제가 되는 낙타 생각을 없애려고 공식적으로 매우 바쁘다. 귀로 들은 동물과 관련된 어떤 생각도 하지 말라는 직접적인 지시를 받았기 때문이다. 잠깐 졸고 있던 기억은 '무엇인가를 생각하지 말라'는 이 같은 소동을 듣고서 깨어난다. 그러자 불쑥 다시 낙타가 떠오른다.

어떻게 이런 일이 일어나는지 정말 미스터리하지만, 뇌는 아직 미지의 세계이다. 확실한 것은 걱정하는 사람에게 "걱정 좀 그만해."라고 말해봐야 소용이 없다는 것이다. 낙타 생각을 그만하라고 말하는 것만큼 쓸모없는 일이다.(자, 낙타가 다시 떠올랐는가?)

행동

걱정을 너무 많이 하는 행동은 '인지적 행동'으로 설명된다. 걱정을 하나의 행동으로 분류하는 이유는 걱정은 '하는 것'이기 때문이다. 걱정은 내면에서 이루어지는 생각의 과정일 뿐 아니라, 전체적인 행동의 레퍼토리가 있다. 마치, 정해진 순서로 춤을 추는 것처럼 서성거리며, 한숨을 쉬고, 찌푸린 이마를 문지르는 등의 몸짓과 관련이 있다.

이론에 따르면 이러한 행동은 명백한 목적 없이 수행되는데, 스스로 진정하기 위해 순간, 주의가 분산되는 형태로 나타날 수 있다. 심리학자들은 이러한 행동을 '불안에 스스로가 압도당했다고 느낄 때, 사람의 몸이 보내는 신호'라고 의견을 모았다.

이 행위의 구체적인 목적이 무엇이든, 분명한 사실은 바로 이런 행동이 일어난다는 것이다. 즉, 요점은 지나치게 걱정하는 것이 생각의 과정이라고 해도, 결국 행동으로 정의된다는 점이다.

앞에서 언급했듯이, 만성적으로 걱정이 너무 많은 사람이라면, 유전적으로 자녀 중 한 명 이상이 25~40% 확률로 걱정이 많은 성향일 수 있다. 즉, 당신도 유전적으로 그럴 가능성이 있다는 말이다.(앞서 기술한 걱정의 정의를 다시 살펴보자면, 걱정은 '결과를 부정적으로 보며 대재앙이 닥칠 거로 예측하는 것'이다.)

거의 모든 면에서 그렇듯이, 여기서도 '선천성'과 '후천성'이 함께 작동한다.(이를 후생유전학이라 부른다.) 자녀는 자신의 부모를 보면서 인생에서 직면한 과제를 관리하거나, 혹은 관리하지 않는 방법을 배운다. 그 부모도 자신의 부모를 보면서 배웠던 것처럼 말이다.

이를 '역할 모델'이라고 한다. 아이들은 주변 어른이 괜찮을 때 자신도 안전하다고 생각한다. 그래서 어른이 인상을 찌푸리거나, 머리를 부여잡을 때 신경을 곤두세우고 지켜본다. 그래야 살아남을 수 있기 때문이다.

아이들은 어른들이 내쉬는 가쁜 숨이나 한숨 쉬는 소리를 전

"아빠가 이렇게 하던데!"

부 듣는다. 눈물을 흘리고, 어깨를 축 늘어뜨리고, 초조하게 서 성거리는 행동도 다 본다. 이러한 몸짓뿐 아니라 주변 사람이 다 르게 행동하기 시작하면 바로 알아차린다. 아마, 아빠는 이렇게 말할지도 모른다.

"너희 모두 조용히 해주렴. 엄마는 혼자 있을 시간이 필요해, 속으로 생각할 게 많단다."

다른 어른이 나타나 엄마에게 차를 한 잔 타 주거나 와인을 따라 주며 보통 위로가 되는 행동을 한다. 이러한 행동이 계속되면, 아이들의 마음에도 걱정하는 행동이 매우 중요하며, 아주 심각하게 받아들여야 할 문제라는 생각이 자리 잡는다.

걱정하는 경향이 있는 사람은 혼자 앉아 시간을 보내거나 술을 마시고, 말을 붙이기가 어렵고 우울해 보인다. 아마, 이들은 어린 시절 기분이 상할만한 어떤 사건이 벌어졌을 때, 상대방(주로 부모일 것이다.)과 한동안 아무 말도 안 하는 '침묵의 시간silent treatment'을 보낸 적이 있을지도 모른다. 아이는 부모의 괴로움이 뭐 때문인지, 자기 때문인지 아닌지도 결코 들은 적이 없다.

이런 이유로 아이들은 걱정하는 행동을 목격하면, 걱정하는 행동이 중요하다고 믿기 시작한다. 어른들이 하는 행위라면 분명 몹시 중요하고 생존에도 필수적이라고 생각하기 때문이다.

대개 부모가 지나치게 걱정이 많은 경우, 아이들을 몹시 과하게 보호하는 경향이 있다.(아이들의 행동 하나하나를 감시하는 '극성 부모helicopter parenting'라고 알려져 있다.) 이런 행동은 아이에게 세상은 잠재적 재앙으로 가득 찬 위험한 곳이라서 안전하려면 세상을 항상 아주 민감하게 인지해야 한다는 메시지를 무심코 준다. 이런 메시지는 두려움을 기반으로 위험을 감지하는 감각이 극도로 발달한 상태인 '과민성hypervigilance'을 촉진한다.

나는 불안감을 조성하며 유언비어를 퍼뜨릴 생각도 없고, 생각을 더 많이 할 다른 주제를 던지려는 것도 아니다. 그러나 불안한 성향이 유전적으로 있다는 것을 이해하는 편이 이를 모를 때보다 더 낫다. 미리 준비가 되면 걱정할 것이 없다는 '유비무환'이라는 말도 있으니 말이다.

또 다른 좋은 소식은, 아이들이 자신의 두려움을 관리하고 일종의 '걱정 괴물'을 물리치는 방법을 알려주는 훌륭한 책이 있다는 사실이다. 줄리아 쿡의 『걱정이 샘솟는 윌마Wilma Jean the Worry Machine / 국내 미출간』, 돈 휴브너의 『걱정이 한 보따리면 어떡해!What do when you worry too much! / 대교베텔스만, 2008』, 페리다 울프와 해리엇 메이 사비츠의 『걱정이 많아서 또 걱정이야Is a Worry Worrying you? / 국내 미출간』는 아이들과 읽어보기를 추천한다.

감정과 기분

앞에서 살펴보았듯이 행동과 생물학적 요인은 서로 떼려고 해도 뗄 수 없는 관계다. 이전에 나온 톱니바퀴 그림의 다이어그램을 떠올려보자.

우리가 하는 행동은 몸에 영향을 미치고, 생물학적 상태신체 감각는 우리의 행동, 생각, 감정을 자극한다. 이런 관계 영역에서 생각이 너무 많을 때 가장 흔히 드는 감정은 다음과 같다.

- 과도한 불안: 우려, 긴장, 스트레스, 안절부절
- 과도한 긴장으로 신경질적이 되거나 초조함
- 짜증을 잘 냄
- 기분이 가라앉음: 따분함, 무관심
- 괴로움과 두려움

생각이 끝도 없이 계속되는 경우, 뇌는 어떤 일이든 위험하다고 인지하며 걱정한다. 또한 끊임없이 경계하며 지나치게 민감해진다. 이러한 연유로 앞서 살펴보았던 생물학적 반응, 이를테면 아드레날린과 코르티솔이 과도하게 분비되는 현상이 나타나며,

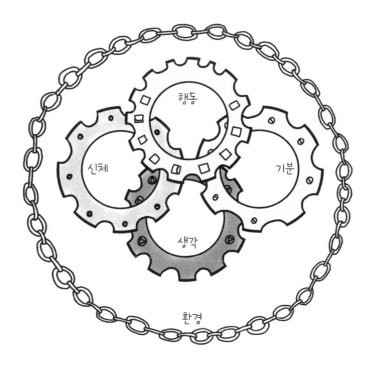

계속 두려움과 불안한 마음을 안고 살아간다.

이것을 보았을 때, 우리가 느끼는 감정은 앞서 논의한 다른 모든 요인에 상당한 영향을 받는다고 추론할 수 있다.

각각의 요소가 어떻게 연결되는지 다시 설명하고자 한다.

당신이 잠을 잘 자지 못하는 이유는 아마도 회사에서 있던 일,

재정 문제, 혹은 자녀 건강 문제 등을 밤새 되새기고 걱정하면서 잠을 설치기 때문이다. 겨우 다시 잠이 들더라도, 잠을 제대로 못 잔 탓에 개운하게 일어나지 못한다. 지치고 피곤하고 불안한 상태에서는 가족과의 아침 식사, 아이들 등교 준비, 차가 막히는 상황 등 매일매일 하던 일상적 일들이 견디기 힘들어진다. 이렇다 보니 당신은 쉽게 짜증이 나고, 모든 것에 퉁명스럽게 반응한다. 즐거움을 느끼는 감각이 희미해지기 시작한다. 음악 듣기, 요리하기, 정원 가꾸기, 산책하기 등 좋아하던 일에 점점 관심이 없어진다. 전반적으로 즐거움의 정도가 줄어들고, 다른 사람과 시간을 보내는 일이 지루하고 귀찮아질지도 모른다.

이처럼 일상을 즐길 수 있는 능력이 줄어드는 '무쾌감증 anhedonia'은 생물학적 요인에 토대를 둔다고 알려져 있으며, 우울증의 징후로 볼 수 있다.

'감정과 기분'이라는 소제목으로 너무 많은 걱정이 감정 상태에 미치는 영향을 알아보았다. 이 부분을 마치기 전에 꼭 알아두어야 할 사항이 있다. 과잉 걱정을 다룬 모든 연구에서 걱정을 너무 많이 하면 기분에 장기적인 영향을 미치고, 그와 매우 강력한 연관이 있는 질병으로 우울증을 꼽는다는 점이다.

아래의 다이어그램의 교집합에서 알 수 있듯이 우울, 불안, 과도한 걱정은 떼려고 해도 뗄 수 없는 관계다. 이 현상을 자동차 배터리로 설명하고자 한다.

자동차 배터리의 에너지원생물학적 요인을 상상해 보자. 전조등을 계속 켜 둔다는 것은 중대한 재앙이 일어났다는 말과 같다.

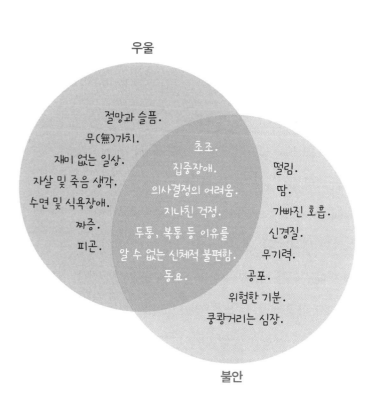

우울

절망과 슬픔.
무(無)가치.
재미 없는 일상.
자살 및 죽음 생각.
수면 및 식욕장애.
짜증.
피곤.

초조.
집중장애.
의사결정의 어려움.
지나친 걱정.
두통, 복통 등 이유를
알 수 없는 신체적 불편함.
동요.

떨림.
땀.
가빠진 호흡.
신경질.
무기력.
공포.
위험한 기분.
쿵쾅거리는 심장.

불안

예컨대 가족이 갑작스럽게 죽거나 집단 사망 위험에 노출되고, 자연재해로 집이 파괴되는 종류의 재앙을 맞닥뜨렸을 때 보이는 반응은 외상 후 스트레스 장애PTSD, post-traumatic stress disorder 로 분류하는 것이 적절할 수 있다. 이런 상황에서 자동차 배터리 는 한 시간 이내에 고갈된다.

그러나 주차 등이나 차량 내부 등을 켜 둔다면 어떠할까? 전지 는 훨씬 오래 쓸 수 있겠지만, 결국 서서히 고갈되는 것은 마찬가 지다. 푸념하며 불안과 과잉 걱정을 계속하면 자동차 배터리는 중대한 사건이 발생했을 때보다는 오래가겠지만, 결국 고갈될 것이다(우울해질 것이다). 사람들은 이내 기분이 나아지리라고 생 각하며 대체로 '힘들어도 버티기로' 결정한다. 하지만 인간의 전 지는 그렇게 작동하지 않는다.

여기서 중요하게 강조할 점이 있다. 우리는 이러한 경고 신호 를 무시해서는 안 된다. 당신의 전지가 고갈된다고 느껴지기 시 작할 때 주의를 기울여야 한다. 우리의 몸은 항상 무언가를 말하 고 있다. 상황이 안 좋아지기 전에 미리 원인이 될만한 것을 차단 한다는 관용 표현인 '싹을 밟아야 한다.'는 말을 떠올려 보자.

인지

지금까지 생물학적 요인신체 감각이 행동과 감정에 어떤 영향을 미치는지, 반대로 행동이 생물학적 요인에 어떤 영향을 미치는지, 감정은 행동에 어떠한 영향을 미치는지에 대해 이야기했다. 그러나 가장 중요한 분야는 바로 '인지 영역'이다.

나는 인지 영역을 '본부'라고 부른다. 인지 영역은 생각하기, 이해하기, 학습하기, 기억하기와 같은 의식적인 정신 행동을 담당한다. 내 주장을 뒷받침할 인지 행동 사례를 하나 들어 보자.

손에 펜을 쥐고 손을 가만히 둔다면 (운동 장애가 없는 경우)손과 펜은 모두 그대로 있을 것이다. 반대로 뇌가 손을 왼쪽으로 움직이라는 명령을 보내면 손은 왼쪽으로 갈 것이다. 즉, 행동을 지시하는 생각이 없다면 손은 움직이지 않을 것이다.

이 사례를 통해 사고 과정인지이 궁극적으로 어떻게 통제되는지 설명할 수 있다. 이런 이유로 인지 영역은 본부다. 인지적 처리로 대부분의 행동을 통제한다.

TIP 이와 달리 놀람 반응startle response은 예외다. 예를 들면 뜨거운 것을 만지면 손을 치워야 한다고 생각하지 않아도 손을 떼는 반응을 말한다.

다른 영역에도 같은 논리가 적용된다. 예를 들어, 어떤 것에 대해 너무 많이 생각하고 미래를 지나치게 걱정하며 모든 것이 심각하게 잘못되고 있다고 믿을 때, 불안한 신체 반응을 보이는 생물학적 영역과 두려운 마음이 드는 감정 영역에 함께 불이 켜질 것이다.

이처럼 영역 간 상호 연결성의 또 다른 측면도 반드시 이해해야 한다. 사실 뇌가 생각을 처리하는 것은 생물학적 현상이다. 즉, 뇌 또한 몸의 또 다른 조직일 뿐이라는 것이다. 우리의 감정은 정교한 기분 통제 시스템이 드러내는 징후다. 이 모든 것이 자연의 섭리이자 과학이다.

그래서 대체로 현대 선진국First World에서 감정과 지능을 매우 추상적이고 때로는 로맨틱하게 표현한다. 사람들은 종종 "저 어린 스테파니는 피아노에 아주 뛰어난 재능이 있어."라고 말한다. 그 재능은 누구에게 물려받은 것이며, 또 어디서 온 것일까?

나는 속으로 생각한다. '유전자 때문이 아닐까, 조금은 기적 같은 방법이지만 말이야.'

요약하면 뇌와 뇌의 인지는 행동과 감정에 영향을 받고, 생물학적 요인에 유의미한 영향을 미친다. 이러한 요인은 의심할 여지 없이 얽히고설켜 있다.

이제부터 당신을 곤란하게 하는 구체적 인지 과정을 살펴보자.

COLUMN   ## 생물학적 요인, 인지 그리고 자살

자살과 우울증을 논의할 때, 생물학적 요인과 인지도 중요한 논의 대상이다. 우리가 자살하는 것은 절대 대자연의 원칙에서 진화한 행동이 아니다. 동물은 자신의 목숨을 지키기 위해 싸운다. 목숨을 위협 당하는 극한 상황에서는 사람도 자신의 오줌을 마시거나 심지어 인육을 먹으며 생존하려 한다. 이를 봤을 때, 심각한 우울증으로 자살을 하는 것은 질병의 과정으로 여겨진다. 나는 양극성 기분 장애(조울증)를 진단받은 사람으로서, 개인적으로 이 질병이 심신을 매우 쇠약하게 만든다는 것을 알고 있다.

내가 미친 듯이 들뜨거나 깊은 우울감에 빠지면 나는 이를 병의 과정이라고 인정한다.

사람들은 우울증에 걸리면 때때로 자살을 생각한다. 상태가 더 안 좋아지면 어떻게 목숨을 끊을지 생각하기 시작할지도 모른다. 나에게는 자살이 당연하지 않다. 이런 생각이 든다면 생물학적 과정이 심하게 부정적인 방식으로 뇌와 뇌의 인지를 자극할 때일 것이다.

내가 아는 한 자살은 무수히 많은 다른 이유로도 일어날 수 있는 아주 우울한 주제다. 이를테면 만성 불안, 충동, 약물 남용 등도 이유가 된다. 이러한 이유는 생물학적 요인과 인지 사이에 연관성이 있다는 아주 강력한 사례가 된다.

걱정이 많아 걱정일 때

상담실에서 하루 평균 7명의 사람을 만난다. 그중 6명은 불안으로, 그 6명 중 4명은 걱정이 너무 많아 상담을 온다.

나는 여기 온 사람들을 알아가는 과정에서 항상 그들에게 생각을 너무 많이 하는지 혹은, 걱정을 많이 하는지 묻는다. 나이가 지긋한 사람은 걱정한다고 말하고, 25세 이하의 젊은 사람들은 생각이 너무 많다고 대답한다. 그러나 생각이 너무 많은 근본적 이유가 무엇인지 물으면, 그들은 스스로 걱정이 많은 사람이라고 인정하며, 부정적으로 비극적인 결과를 예측한다고 동일하게 대답한다.

그래서 지금부터 과잉 걱정을 '걱정'이라고만 부르고자 한다.

당신도 이해하기 더 쉽고, 단순 걱정이나 과잉 걱정이나 동일한
인지 과정을 거치기 때문이다.

걱정, 믿음, 신화, 일화

나와 함께 일하는 많은 사람들은 걱정이 너무 많으면 수면 장
애나, 만성 피로 같은 건강 문제를 일으킨다는 사실을 안다. 하지
만 이런 문제에도 사람들은 걱정이 자신을 안전하게 지켜준다고
믿으며 여전히 그런 관행습관을 내려놓기를 주저한다. 걱정을 하
는 한, 자신에게 동기를 부여가 되고 나쁜 일이 일어나지 않게 막
는다고 생각한다. 걱정을 그만둔다면 반드시 나쁜 일이 일어난
다고 믿기 때문이다.

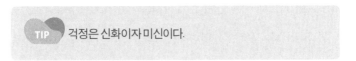
TIP   걱정은 신화이자 미신이다.

여러분에게 이 믿음의 부조리함을 강조하고자 한다. 상담실에
당신과 내가 앉아 있다고 상상해 보자. "어떻게 지냈어요?"라고
내가 묻는다. 당신은 가장 가까이에 있는 나무로 된 물건을 찾

아 다가가더니 머리로 톡톡 치면서 말한다. (영어권 국가에서는 나무로 된 가구나 물건을 가볍게 두드리는 'touch wood'라는 행동을 통해 행운이 지속되고 불운이 멈추기를 기원한다.)

"좋아요, (창틀을 두드리며)앞으로도 계속 좋으면 좋겠어요."

자, 상담실에 있던 외계인이 이 장면을 본다고 상상해 보자. 어떻게 보일까. 우스꽝스럽지 않을까? 외계인은 틀림없이 이렇게 생각할 것이다.

'지금 뭐 하는 거지. 가구 한쪽을 만진 다음에 머리로 톡톡 두드린 거야? 저 평범한 창틀과 인간들이 느끼는 방식이 관련이 있는 걸까?'

이해가 되는가? 빨간색으로 이름을 적지 않기, 문지방 밟지 않기, 복이 달아나지 않게 다리 떨지 않기 등과 마찬가지로 정말 기이하고 미신적인 행동이다.

TIP 이렇게 말하고 싶지 않지만, 걱정도 미신과 다를 바가 없다. 걱정은 습관이 되고 마는 일종의 미신적 행동과 동일하다.

이런 사례를 들어볼 수도 있겠다. 20대 초반의 딸 둘을 키우는 엄마를 상상해 보자. 딸들은 오늘 파티에 가기로 되어있다. 파티장까지 친한 남자아이 몇 명과 함께 차를 타고 이동하며, 그중 한 명이 운전하기로 되어 있다. 아, 깜박하고 말 못 한 이야기가 있다. 바로 파티에 술이 제공된다는 것이다.

늦은 저녁, 엄마는 안절부절못하고 이리저리 집안을 서성대기 시작한다. . 아빠는 텔레비전에서 스포츠 경기를 보며 말한다.

"이리 와 여보, 진정해. 재미있게 놀고 오게 돼, 그럴 나이잖아."

엄마는 진저리를 치며 아빠를 쳐다보며 대답한다.

"당신은 텔레비전이나 보면서 아주 참 태평하네. 당신에게 막 알려주려던 참이야. 이 집에 사는 사람은 걱정해야 한다고 말이야. 내가 걱정을 안 하면 무슨 일이 일어나는지는 신이 알 거야. 우리 가족은 무너질 거라고! 나도 걱정을 하고 싶어서 하는 게 아니야. 당신은 걱정할 생각이 눈곱만큼도 없으니까, 나라도 하는 거라고!"

그때 마침 우연한 일이 벌어진다. 딸들과 남자 친구들이 경미한 차 사고에 연루된다. 그들이 낸 사고는 아니다. 하지만 경미한 부상을 입고 동네 병원에서 치료를 받는다. 이 순간 바로 엄마의 마음속 걱정과 실제 벌어진 사고가 충돌한다.

이 우연한 사고에 대한 반응으로 (깨달은 바를 말하자면)엄마는 자신이 '걱정할 필요가 있었고, 현재도 있고, 앞으로도 항상 있을 것'이라는 믿음의 근거가 더 늘어난 것이다!

엄마는 이제 아이들에게 나쁜 일이 일어날 경우를 걱정해야 한다고 계속해서 믿게 됐다. 또한 이제는 자신이 더 많이 걱정했더라면, 텔레비전이나 보는 남편의 방해만 없었더라면 그 사고를 막을 수 있었을 것이라고 믿는다.

이 사례는 걱정이 어떻게 유지되고, 잘못된 믿음이 되는지 잘 설명한다. 이 사례에서 걱정이란, 미신과 관련된 주요한 믿음 두 가지를 보여준다.

첫째, 걱정의 예방 능력.
둘째, 걱정의 예측 능력.

실제로 걱정은 인지적_{생각} 과정으로 생각을 한다고 문제가 옮겨가거나 바뀌지는 않는다. 또한 세상에 일어나는 일들을 통제할 수도 없다.

예를 들어, 당신이 야외 결혼식을 계획하고 있다고 해보자. 곧 바로 그날 비가 올까 봐 걱정하기 시작한다. 하지만 얼마나 많이 걱정하는지와 상관없이 날씨를 통제할 수는 없다. 할 수 있는 일이라고는 대형 천막을 설치할 준비를 하는 것뿐이다.

핵심은 걱정한다고 해서 당신에게 아무런 이득이 없을 것이라는 점이다. 구강염이나 과민성대장 증후군처럼 몇몇 신체적 부작용physical side-effect만 얻을 뿐이다.

내가 반복해서 설명하는 이러한 개념은 중요한 것이므로 당신이 실제로 꼭 이해하기를 바란다.

더 이상 야단스럽게 반복하지 않도록, 또 다른 사례를 들어서 쓸데없이 반복되는 걱정을 설명하고자 한다.

걱정은 효과가 있을까?

이 질문의 요점은 걱정의 무익함을 다시 한번 강조하는 것이다. 왜냐하면, 당신은 왜 걱정이 무익한지 납득되지 않을 수도, 정말 걱정을 떠나보내도 되는지 망설일 수도 있기 때문이다.

당신과 내가 상담실에 있다고 떠올려 보자. 상담실에는 나무 창틀로 된 창문이 나 있고, 꽉 차 있는 작은 캐비닛 하나와 편안한 의자 두 개가 있다. 우리 앞에는 물도 한 잔씩 있다. 나는 당신의 심리치료사로 당신의 맞은편에 앉아 있고, 작은 캐비닛이 당신 옆에 있다.

나는 당신에게 내 물컵을 보고 레드 와인이 가득 담겨 있는 상상을 해보라고 요청한다. 더불어 캐비닛 서랍을 열었다 닫았다 하는 습관과 항상 레드 와인이 쏟아지지 않을 정도로 다리를 마구 떠는, 내 자신도 어쩔 수 없는 습관이 있다고 가정해 보라고 한다.

자, 지금부터 나는 나에게 일어날 법한 일예측하기을 걱정(하는 척) 해보겠다. 나는 유리잔을 보며 잔이 엎어지지 않도록 바라고 기도한다. 그러한 재앙을 예상하면서, 아마 내 사고는 이렇게 진행될 것이다.

큰일이다. 와인이 카펫에 쏟아지면 어떡하지,

얼룩이 안 지워지면, 그래서 카펫을 교체할 수 없으면?

보험으로도 배상이 안 되고, 나도 배상을 못하면

결국 직장을 잃고 노숙자가 되는 건가?

나는 부정적인 생각의 소용돌이 속으로 빨려 들어간다. 변기 물을 내릴 때 순식간에 빨려 들어가는 것과 비슷하다. 이렇듯 걱정에 좋은 점이 없다면 걱정을 하지 않는 편이 낫다.

상담실로 다시 돌아가 보자. 엎지른 잔으로 인해 카펫이 엉망이 되고, 그 결과 직장에서 쫓겨나고, 곧 인생이 파멸할 것이라며 나는 오랫동안 겁을 먹은 채 앉아 있다. 아니면 탁자 가장자리에 있는 잔을 옮겨서 잔이 쓰러질 '확률'을 최소화할 수도 있다.

이 사례에서 무엇을 알 수 있을까? 행동이 결과를 바꾸는 동안, 걱정스러운 생각은 아무것도 바꾸지 못한다. 상상했던 부정적인 사건이 발생할 확률은 생각이 아닌 행동으로 줄일 수 있다.

확률 과대 추정

다음의 표를 보자. 우리가 하는 걱정을 100%라는 수치로 가정했을 때, 표의 맨 아래에 나와 있듯이, 우리는 실제로 일어난 일을 되새기며 고민하고 걱정하는 데 우리의 귀중한 시간을 가장 적게 사용한다.

걱정의 종류

절대로 일어나지 않을 일	40%
이미 일어난 일이지만, 대책이 없는 일	30%
쓸데없는 건강 걱정	12%
상당히 잡다한 문제	10%
진짜 걱정 (이중 반(4%)은 대책이 없고, 나머지 반(4%)은 대책이 있는 일)	8%

걱정이 많은 사람의 인지 과정에는 독특한 면이 있다. 재앙 수준의 나쁜 일이 일어날 것 같다며 끊임없이 상황을 과대평가한다. 자신의 인생에서 부정적인 사건이 일어날 가능성을 심각하게 과대평가하는 행동은 불안을 증가시키고, 대개 사건이 실제

발생할 경우에 대처할 수 없을 것이라는 믿음을 강화한다.

> **TIP** 이러한 사실을 더 면밀하게 살펴보면, 깨어 있는 동안 자신에게 겁을 주며 상당한 시간을 보낸다는 사실이 더욱더 확실해진다. 현실이 아닌 상상의 결과에 더 많은 고통을 받는다.

'만약에?' 걱정 주문

'만약에'라고 시작하는 순진한 말이 '어떡하지?'라고 끝나는 질문과 합쳐져서 과잉 걱정을 무더기로 촉발하는 역할을 한다. 당신은 다음과 같은 생각을 한 적이 있는가?

"만약에 그 일이 일어나면 어떡하지?"

"만약에 그들이 그런 일을 하면 어떡하지?"

"만약에 내가 이 일을 해서 그런 일이 발생하면 어떡하지?"

"만약에 내가 대처할 수 있는 것이 없으면 어떡하지?"

'만약에?'라는 걱정 주문을 한 번 외우면, 마치 끝날 기미가 안 보이는 쳇바퀴를 돌듯 계속해서 부정적인 예측으로 시간을 보내고, 마음속으로 일어날 법한 불행 서사의 드라마를 몇 시간 동안 생각한다. 또 다른 걱정의 쳇바퀴를 돌기 시작할 때마다 투쟁-도피 기제가 계속해서 켜지고, 아드레날린이 분비되어 실제로 몸도 완전히 지치고 만다. 밤에 잠을 자지 못하고 아침에도 개운하게 일어날 수가 없는 것은 바로 이런 유형의 생각 때문이다.

걱정스러운 생각을 할 때 부정적인 사건만 예측하는 것이 아니라 사건의 결과도 예외 없이 크게 인식한다. 이를 최악의 상상을 하는 파국화catastrophising, 재앙화라고 한다.

주목할 점은 불안을 불러일으키는 유형의 생각은 현실 문제가 실재하지 않아도 된다는 점이다. 모든 불편한 신체 감각생물학적 요인과 감정적 장애는 생각이 만들어낸 것이다. 즉 이 감정을 촉발하는 요인은 외부적이지 않고, 내부적이다.

이 책의 첫 번째 파트에서는 생물학적 요인, 감정, 행동, 인지를 비롯해 걱정 그 자체의 복잡한 본질을 이야기하며 과잉 걱정이 얼마나 불필요하고 동시에 위험한지 알려주려고 했다.

인지적 습관인 걱정은 파악하기 힘든 현상이며, 약간은 무당

같기도 하고, 다루기 힘든 예언자 같은 특징도 있다. 과잉 걱정은 존재감을 확고하게 드러내고 대체로 치료에 매우 강한 저항을 불러일으키며, 논리와 이성을 요리조리 빠져나간다.

나는 내담자들에게 종종 질문한다.

"자, 그래서 요즘 어떻게 지내나요? 과잉 걱정을 극복하고 있다고 느끼나요?"

그러면 내담자들 대부분은 이렇게 대답한다.

"네, 요즘에는 정말 중요한 것만 걱정해요."

나는 이렇게 생각한다. '오, 이런.'

보다시피, 더 중요한 문제에 걱정을 아껴둘 것이라는 대답에서 걱정이 '여전히 가치가 있으며, 현실을 바꿔줄 수 있다'라는 믿음을 가지고 있다는 것을 분명 추론할 수 있다. 내담자는 종종 자신이 '다 나았다'라고 믿는데, 이는 살면서 더 중요한 일을 걱정해야 하니 '사소한 일은 걱정'하지 않고 걱정을 아껴 두기로 결심했기 때문이다.

틀렸다. 걱정은 걱정일 뿐, 또 걱정이 이어진다.

걱정은 미신의 믿음 체계와 신화의 존재, 관성, 영향력을 강화하는 신화 그 자체가 함께 작동하며 계속 유지된다.

치료 시 주어지는 과제는 사실에 근거한 증거를 활용해서 이러한 걱정과 관련된 믿음을 깨기 위함이다.

STOP OVERTHINKING!

고민과 불안에 휘둘리지 않는 생각 비우기 기술

PART 2

생각
다이어트

감정적·생물학적·인지적 추론은 자신이 왜곡한 생각이 진실이라고 스스로 확신한다. '걱정 좀 그만해.' 하고 생각하지만, 결국 낙타를 생각할 수밖에 없는 것처럼 말이다. 여기서 중요한 점은 가능한 한 재빠르게 걱정의 순환 고리를 벗어나는 것이다.

소란한 머릿속 다스리기

이번 파트는 당신의 상상력이 조금 필요하다. 이해를 돕기 위한 일종의 역할놀이라고 생각하면 쉽다. 나는 당신의 상담사고, 당신은 내담자이다. 이 상담실에는 나와 당신, 그리고 화이트보드뿐이다. 그리고 당신은 이번 주부터 매주 상담을 진행한다.

나   "자, 상담을 시작해볼까요? 숙제도 있으니 마음의 준비를 하길!"

상담을 시작하기 전, 나는 당신이 몇 장에 걸쳐 답변한 질문지를 토대로 치료 계획을 세심하게 세울 수 있었다.

당신은 이런 경험을 했다고 기술했다.

신체 감각(생물학적 요인)

- 소화계 문제
- 심장이 두근거림
- 제대로 숨을 쉴 수가 없음
- 제대로 쉬지 못하고, 자고 일어나도 개운하지 않음
- 피곤함
- 불안함

감정(기분)

- 짜증이 남
- 좌절함
- 낙담함
- 슬픈듯함
- 두려움

행동

- 회피하기
- 후퇴하기
- 지나치게 걱정하기

인지(정신)

- 비관
- 자기 비난
- 결정하기가 어려움
- 집중력 저하

대박이 터졌다. 드디어 당신은 걱정이 너무 많은 사람이라는 진단을 받았다!

나는 화이트보드에 당신이 겪은 곤란한 경험을 배치하기에 완벽한 수단인 인지행동치료CBT 모형을 그린다.

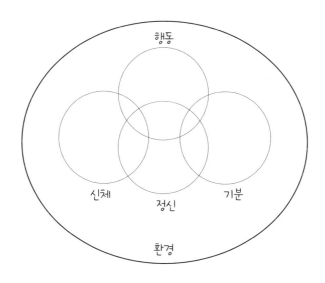

다음 단계로 인지행동치료 모형을 실용적이고 효과적으로 적용하려면 어떻게 이해해야 하는지 당신에게 설명하고자 한다. 인지행동치료는 이렇게 작동한다.

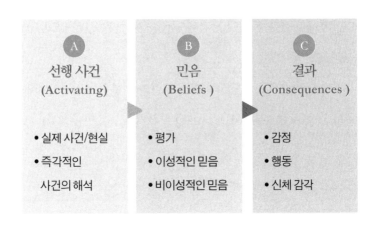

A	B	C
선행 사건 (Activating)	믿음 (Beliefs)	결과 (Consequences)
• 실제 사건/현실 • 즉각적인 사건의 해석	• 평가 • 이성적인 믿음 • 비이성적인 믿음	• 감정 • 행동 • 신체 감각

A : 현실, 실제 사건, 계기

A를 절대 문제라고 정의하지 않는다. 계속 말한 것처럼 이것은 '현실이고 재수 없게 벌어진 일'일 뿐이다. 앞서 말했듯이, 걱정의 계기는 외부적일 수도 내부적일 수도 있다. 또는 둘 다 해당할 수도 있다.

예를 들어, 나쁜 소식을 전하는 전화가 울렸다면 그 계기는 외적 요인으로 생각할 수 있다. 거실 소파에 앉아 '만약에?' 하고 생각하면서 소용돌이 속으로 자꾸 빨려든다면 생각하는 행동 자체가 계기가 된다. 이를 내적 요인이라고 한다.

B : 인지 / 사고

B에서 말하는 사고는 믿음, 지각, 평가를 포함한 이성적 생각과 비이성적인 생각을 모두 말한다. 인지 이론에서는 단순하게 무엇을 생각하는지가 중요한 게 아니라, '어떻게 그런 생각을 하게 됐는지'에 관심을 가진다. 다시 말해 A사건 또는 계기에서 추론한 의미를 살핀다.

추론은 인지행동치료 세계에서 무언가에 지나치게 어떤 의미를 부여하고, 그 일과 관련된 가정을 한다는 의미이다. 이런 질문을 예로 들 수 있다.

"도대체 이게 나에게 어떤 의미지?"

당신과 내가 정확히 똑같은 책을 읽는다고 가정해 보자. 나는 이 책을 아주 즐겁게 읽으며 깨달음을 얻었다. 읽은 책 중에서 최고라고 생각하며 책을 덮는다. 반면, 당신은 억지로 마지막 페이지까지 겨우 읽는다. 왜냐하면 독서 클럽에서 읽어야 하는 이 달의 책이기 때문이다. 그러고는 자신이 우연히 읽은 책 중에서 가장 지루했다고 말한다. 믿기 어렵겠지만, 당신과 내가 읽은 건 분명 똑같은 책이다!

긍정적으로 생각하지 않기

인지행동치료에서 중요한 점이 있다. 인지행동치료의 목표는 긍정적으로 생각하는 법을 알려주는 것이 아니다. 나는 일부러 긍정적으로 생각하려는 노력을 '똥에 넣은 설탕 한 스푼'이라고 표현한다. 인지행동치료를 하면 더 건설적이고 도움이 되는 생각을 할 수 있는데, 이는 확신의 말을 하며 긍정적인 생각을 하는 것과는 엄연히 다르다. 이렇게 생각해 보자. 당신은 다가올 재앙을 되새기고 예측하면서 새벽까지 깨어 있다. 기차 사고라도 난 것 같은 엉망진창인 기분으로 간신히 침대를 벗어난다. 그리고 화장실로 가 거울을 보며 여러 번 반복해서 이렇게 말한다.

"나는 나와 다른 사람들을 긍정적으로 생각한다."

"나는 어떠한 괴로움을 마주하더라도 나를 보호한다."

"나는 거울에 보이는 나를 사랑한다."

자, 효과가 있을까? 내 말을 오해하지는 말자. 나는 더 긍정적으로 생각하는 사람에 반대하는 것이 아니다. 하지만 긍정적인 생각으로 부정적인 생각을 덮으려는 노력은 "낙타 생각 좀 그만해."라고 말하는 것과 마찬가지다.

이 사례는 사람마다 지각 필터perceptual filters가 어떻게 다른지 보여주고, 정보를 처리하는 다양한 방식 때문에 반대 의견을 내고 반대로 해석할 수도 있다는 것을 명확하게 설명한다.

인지행동치료에서는 어떻게 그런 생각을 하게 되는지어떤 의미를 부여하는지에 반드시 초점을 맞춰야 하고, 그에 따른 치료가 개입하는 단계가 바로 B 단계다.

의미의 재구성(인지 재구성)

인지 이론에서는 '의미를 재구성'한다고 말한다. 즉, 어떤 상황에서 다르게 생각하는 방식을 통해 새로운 의미를 부여한다는 말이다. 이를 통해 비이성적으로 두려움을 느끼는 상황을 현실적으로 평가할 수 있도록 하는 방법을 알게 되고, 그 결과 두려움을 줄일 수 있다.

예를 들어 방 한구석에 쥐가 나타났다고 하자. 당신은 겁에 질려 허둥지둥 즉시 방을 벗어난다. 가슴이 쿵쾅거리고 숨이 가쁘다. 왜냐하면 머리에서 쥐에 이런 의미를 부여했기 때문이다.

맙소사! 질병을 몰고 다니는 쥐라니! 내가 앉아 있었다면
쥐가 달려와서 나를 타고 올라와 물어버렸을 거야!
그럼 전염병에 걸려 견뎌내지 못할 수도 있겠지!

여기서 의미의 재구성은 쥐에 대한 생각의 구조를 다음과 같이 새롭게 짜는 것이다.

'쥐를 본다. → 위생상의 이유로 쥐가 방에 있으면 안 된다.'

이제 스스로 이렇게 말해본다.

쥐는 내가 더 무섭겠다. 내가 쥐보다 훨씬 크고 쥐는 작으니까.

당신은 어쩌면 빗자루를 가져오거나, 자녀가 있다면 쫓아내라고 시킬 수도 있고, 덫을 놓을 수도 있다. 이렇게 문제를 해결하기 시작한다.

쥐를 이성적으로 생각하면서 즉, 사실에 근거하여 생각하면서

당신은 누군가 당신을 구하러 집에 올 때까지 공황 상태에 빠진 채 밖에서 소리나 지르며 하루를 보낼 가능성이 훨씬 줄어든다.

의미를 재구성한 뒤에는 사실과 현실을 토대로 생각한다. 상상 속에서 만들어낸 비이성적 생각이 두려움을 촉발했지만, 이와 반대로 이제는 이성적이며 증거를 근거로 생각한다.

이런 이유로 더욱 건설적이고 도움이 되는, 물론 더욱 긍정적인 생각을 할 수 있다. 부정적인 확신의 말을 진정성도 없이 믿으며 부정적인 생각을 덮으려고 노력할 때보다 두렵지도 않다. 그 차이는 바로 경험에 '새로운 의미'를 부여했기 때문이다.

C : 당신의 반응

신체 반응 vs. 감정 반응 vs. 행동 반응

반응에 대해 더 알아보기 전에 이 등식에 주의 깊은 관심을 가져야 한다.

'B(인지)'는 'C(반응)'를 불러일으킨다.

앞서 이 규칙의 예외로 우리는 '조건부 감정 반응conditioned emotional responses'이라고 부르는 놀람 반응을 언급한 바 있다. 우리는 이 반응을 아주 간단하게 배운 적이 있다. 바로 러시아의 생리학 박사 이반 파블로프의 개 실험이다.

파블로프는 개가 고기를 보자마자 비자발적 반응으로 침을 흘린다는 사실을 발견했다. 실험 초반, 개는 냄새가 없거나 종소리에는 침을 흘리지 않았다. 하지만 맛있는 고기를 줄 때마다 벨소리를 들려줬고, 이내 개는 종소리만 나도 침을 흘리게 되었다. 즉, 개의 반응은 조건부가 되었다.

다시 쥐로 돌아가 파블로프 개 실험의 중요성을 인간과 인간의 불안 반응 측면에서 설명하고자 한다. 나는 아주 잠깐이라도 나의 쥐 공포증을 사라지게 하고 싶다.(내가 쥐 공포증이란 사실에 놀랐을지도 모르겠다. 이는 내가 완벽하지 않다는 첫 번째 증거다.)

어느 통통한 영국 소녀가 도시화된 영국에서 수력발전으로 전기를 얻는 뉴질랜드 변두리로 이사를 왔다고 상상해 보자. 소녀는 흰 피부에 모기에 물린 자국이 여기저기 있고, 평평한 인도 말고 다른 험한 길을 걷는 데에는 소질이 없지만, 적응하려고 상당한 노력을 한다. 소녀는 맨발의 다른 아이들과 어울리지만 (맨발은 정말 외계인이 된 것 같아서)여전히 신발은 신고 있다.

어느 날 아이들은 소나무가 자라는 작은 숲을 통과하며 달린다. 다른 아이들은 신이 나서 뛰어다니지만, 소녀는 까치발을 들고 급히 공포의 들판을 지난다. 그때 아이들 중 한 명이 놀란 목소리로 소리친다.

"그 나무 두드리지 마!"

위를 올려다보니 여태껏 본 적 없는 아주 커다랗고 무시무시한 생명체가 있다. 그건 '나무 쥐'다. 소녀는 '이 나무 쥐의 인생

목표는 나에게 달려들어 거대한 이빨로 나를 죽이려는 것'이라고 생각한다. 소녀가 비명을 지르며 달리자, 아드레날린은 공포에 기반한 도피 반응을 활성화시킨다.

 TIP 두려움이 공포증으로 발전하는 이유는 기억 때문이다.

나의 이러한 두려움은 수년 동안 쥐의 크기가 크든 작든 온갖 종류의 쥐를 일반화시켰다. 박쥐는 특히 끔찍했다. 쥐면서 날아다니기까지 하니 말이다. 아무도 나에게 쥐가 털이 난 작고 귀여운 동물이라고 확신을 주지 않았다. 애초에 이것이 사실이든 아니든 상관없었다.

파블로프의 개처럼 내게도 조건부 반응이 생겼다. 아주 조금이라도 쥐와 닮은 구석이 있는 것을 보면, 마치 내 목숨을 위협하는 거대한 쥐가 있던 예전 소나무 숲으로 돌아간 듯 두려운 마음이 들었다.

이처럼 쥐를 무서워하는 나의 경험과 파블로프의 개 실험 사례를 '정서 기억emotional memory'이라고 한다. 인간은 모든 감각을 통해 기억한다.

청각

오, 아주 또렷하게 이 노래가 기억이나. 첫날밤에 들은 노래야.

후각

음, 이 수프 냄새를 맡을 때마다 바닷가 집에 살던 할머니와 보낸 여름이 생각나.

촉각

발가락 사이로 느껴지는 부드러운 모래가 좋아. 첫 여자친구와 해변을 거닐던 때가 생각나거든.

미각

포테이토 칩 중에 소금&발사믹 식초 맛이 제일 좋아. 아주 어렸을 때부터 먹은 기억이나.

정서 기억(emotional memory)

대개 지나쳐 버리는 감각의 기억은 정서 기억으로 생생하게 그 느낌을 회상할 수 있다. 정서 기억은 처음 그 상황을 경험한 때만큼 강렬한 감정을 일으키지 않을 수 있지만, 계속해서 무척 즐겁거나 고통스러운 감각을 야기할 수는 있다.

기억과 결부된 감정은 편도체에서 메시지를 받는다. 일단 이러한 정서 기억이 활성화되면, 그 기억은 갑작스럽게 과거에서 현재로 내던져질 것이다. 앞서 망사 스타킹을 뚫던 쇳덩이 그림을 기억해 보자.

정서 기억이 작동할 때 기억의 밑바닥에 두려워하는 대상이 깔려 있다면 상당히 괴로워질 수 있다. 다음 장에서 당신의 과제 중 일부가 될, 괴로움을 측정하는 방법을 보여주고자 한다.

멘탈 케어 트레이닝 시작하기

A

선행 사건
(Activating)

A는 현실이다.
문제가 아니다.

인지행동치료의
작동원리는
75~76p 참고.

C

결과
(Consequences)

C는 문제가 존재하는 지점이다. 사람들이 치료를 받으러 오는 이유는 기분이 좋지 않고, 자신이 행동하는 방식이 마음에 들지 않기 때문이다.

B

믿음(Beliefs)

B는 인지로, 치료가 개입하는 지점이다.

A-B-C 작동 모형으로 돌아가 보자. 앞 페이지의 도식을 보면 치료가 작동하는 역학 관계를 더 잘 설명하기 위해 A-C-B로 순서를 바꿨다.

아침에 일어나며 '내가 사실에 근거한, 명확한 증거를 토대로 생각을 하는지 확인하기 위해 오늘 심리상담사를 만나 돈을 잔뜩 써야 해.'라고 생각하는 사람은 아무도 없을 것이다.

사실 반응은 사고를 반영하며, 반응은 사고가 만들어낸 것이다. 그러므로 당신이 느끼는 감정을 바꾸려면 생각하는 방식을 바꿔야 한다. 사고방식을 바꿔야 한다고 인식하지 못하는 주요한 이유는 대부분의 시간을 사실에 근거한 정보로 사고하기 때문이다.

- 방으로 걸어 들어오니 의자가 보인다.
  우리는 의자가 앉는 용도의 가구임을 안다.
- 빨간불이 켜진다. 멈춰야 한다는 의미를 안다.
- 물은 마실 때 필요한 것이다.
- 기타 등등

대부분 시간 동안 당신은 당신의 사고에 대해 의구심을 가질 필요가 없었다. 그러나 앞서 언급했듯이, 생각 하는 바로 그 지점이 곧 문제를 해결하는 지점이다.

TIP 당신의 사고가 제대로 작동하지 않아서 대인 관계를 유지하기 어렵다면, 그때가 바로 치료를 시작할 시간이다!

이 단계에서 특히 인지 과정이 어떻게 작동하고, 얼마나 중요한지 조금 더 깊게 이해하기를 바란다. 이런 지식이 도움이 될 수 있다. 지금부터 인지행동치료 이론을 실용적으로 적용해 보자.

우선 치료 계획을 세우기 위해 이 분야에서 '바셀린 데이터 baseline data'라고 부르는 정보를 모을 필요가 있다. 바셀린 데이터는 사건의 시작점과 일종의 '불안 정거장'이라고 할 수 있는 출발점을 파악해서 얻을 수 있다.

다음 단계는 '생각 기록Thought Record'으로, 여기선 '생각 다이어트 노트'라고 부르기로 한다. 생각 기록 양식에 한 주 동안 생각 때문에 괴로웠던 경험 한두 가지를 기술하는 것이다. 휴대폰을 활용하면 생각을 더 쉽게 기록할 수 있다. 다음 상담 때 그 정보를 보여줄 수만 있다면 실제로 어디에 기록하든 상관없다.

 COLUMN

처음 생각 다이어트 노트를 쓸 때 필요한 몇 가지 도움말!

A : 상황

A열은 사실에 근거하여 상황을 기술하면 된다. 감정도 아니고, 생각도 아니다. 사실 그대로를 기술한다. 단순 명료하게 기술하되, 계속 집중하자.

B : 생각

생각은 틀림없이 의식의 흐름처럼 저절로 떠오른다. 하고 싶은 만큼 부정적으로 내뱉어도 좋다. 무슨 생각을 하든지 스스로 생각을 검열하지 마라. 적은 생각을 다시 보면 '내가 쓴 생각이 이렇게 엉망진창이라니 믿을 수가 없군. 상담사가 보면 정신 나간 사람인 줄 알겠어.' 하는 생각이 들지도 모른다. 하지만 그 정도가 심한 사람일수록 상담사로서는 더 좋다!

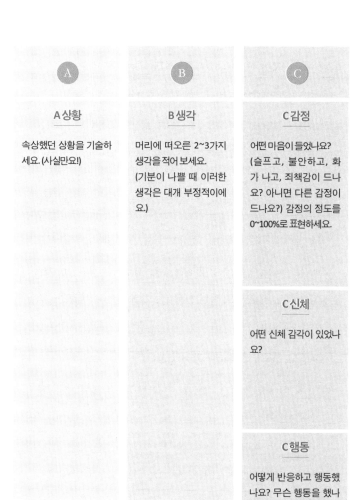

A	**B**	**C**
A 상황	**B 생각**	**C 감정**
속상했던 상황을 기술하세요. (사실만요!)	머리에 떠오른 2~3가지 생각을 적어 보세요. (기분이 나쁠 때 이러한 생각은 대개 부정적이에요.)	어떤 마음이 들었나요? (슬프고, 불안하고, 화가 나고, 죄책감이 드나요? 아니면 다른 감정이 드나요?) 감정의 정도를 0~100%로 표현하세요.
		C 신체
		어떤 신체 감각이 있었나요?
		C 행동
		어떻게 반응하고 행동했나요? 무슨 행동을 했나요? 아니면 하지 않았나요?

생각 기록(생각 다이어트 노트)

생각, 감정, 행동의 관계를 이해할 수 있다.

당신이 '어떻게 생각해야 한다.'가 아니라, '어떻게 생각하고 있는지'를 알아야 하고 또 상담사에게 알려줘야 한다. 이 치료가 효과가 있으려면 솔직해져야 한다. 실제로 상담을 한다면 이 치료에 막대한 돈을 지불하고 있다는 사실을 잊지 말자!

C : 느낌

처음에는 감정을 기록하는 것이 더 쉽게 느껴진다. 감정을 행동보다 먼저 경험하기 때문이다. 이 칸에 '감정의 정도를 0~100%로 표현해 보세요.'라고 적힌 질문도 보았을 것이다. 이를 주관적 '고통지수SUDS, Subjective Units of Distress'라고 한다. 주관적 고통지수는 괴로움을 평가해 개인의 불안을 측정하는 방법이다.

내담자 중 많은 사람이 다음과 같은 말을 하며 자신의 경험을 바꾸려고 노력한다.

"저의 사소한 문제를 여기서 말하려니 아주 바보 같은 기분이 들어요. 저보다 훨씬 심각한 문제가 있는 사람도 있을 텐데 말이에요."

그런 사람들도 있을 수 있지만, 그 사실은 당신과 아무런 상관이 없다. 이는, 오늘 아침 텔레비전에서 테러 소식을 듣고, 태풍 피해를 입은 지역과 기근 및 집단 학살에 대한 뉴스를 보고서 당신이 사는 곳은 아무 문제가 없으며, 다 괜찮을 것이라고 생각하는 것과 같다. 다른 사람들의 현실과 비교하여 상황을 개선하려 한다면 치료를 받을 필요가 없다. 아니, 그런 치료는 효과가 없다!

C : 신체

신체 감각을 기록하는 항목이다.

예시 : 심장이 터질 듯함. 제대로 숨을 쉴 수가 없음, 손에 땀이 남 등.

C : 행동

괴로워하는 동안 무엇을 하고 있었는지 기술하는 항목이다.

예시 : 서성거림, 전화를 피함, 걱정함(걱정도 행동으로 분류된다는 사실을 기억하자).

이러한 '바셀린 데이터'로 당신의 불안 수준이 얼마나 변하는지 측정하고, 반대로 얼마나 나아지는지도 살펴볼 수 있다.

모든 항목을 완벽하게 적지 못해도 괜찮다.
염려하지 않아도 된다. 이것은 시험이 아니다.

나   처음에는 생각과 느낌을 분리하기가 어려울지도 몰라요. 사건을 기술하다 보면 조금 장황해질 수도 있지만 그래도 괜찮아요. 전혀 문제가 아니에요. 사례가 하나뿐이어도 괜찮아요. 이번 상담은 여기까지. 생각 다이어트 노트를 작성해서 다음 주에 봅시다.

생각 바이러스?

당신의 이해를 돕기 위한 역할놀이는 계속된다. 어느새 시간
이 지나 약속한 다음 주가 됐다. 당신은 내담자로서 나를 찾아
내 상담실에 와있다. 역시나 이 상담실에는 나와 당신, 그리고 화
이트보드뿐이다.

나 어서 오세요. 다시 보니 좋네요. 이번 주는 어떻게 보내셨어요?

당신 나쁘지 않았어요. 잘 안 풀렸던 일들을 적어 봤어요.

나 잘했어요. 저도 그렇게 나쁘지 않은 날들을 보냈어요. 이번 주도 책
을 열심히 썼고요. 제 이야기는 여기까지 하고, 당신 이야기로 돌아
가요. 생각 다이어트 노트에 뭐라고 썼는지 살펴볼까요?

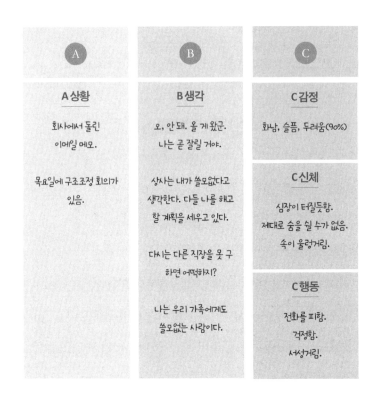

A	B	C
A 상황	**B 생각**	**C 감정**
회사에서 돌린 이메일 메모.	오, 안 돼. 올 게 왔군. 나는 곧 잘릴 거야.	화남, 슬픔, 두려움(90%)
목요일에 구조조정 회의가 있음.	상사는 내가 쓸모없다고 생각한다. 다들 나를 해고할 계획을 세우고 있다.	**C 신체**
		심장이 터질듯함. 제대로 숨을 쉴 수가 없음. 속이 울렁거림.
	다시는 다른 직장을 못 구하면 어떡하지?	**C 행동**
	나는 우리 가족에게도 쓸모없는 사람이다.	전화를 피함. 걱정함. 서성거림.

나 좋아요, 시작이 아주 훌륭해요. 반응과 생각을 모두 제자리에 잘 적었어요. 생각과 감정을 구별하는 것이 제일 어려운 부분이에요.

계속해서 기록한 내용을 분석하기 전에 치료 과정에서 활용하게 될 인지 용어cognitive language를 알려주려고 해요. '생각 바이러스 thought viruses', 즉 생각의 오류를 뜻하는 말이에요. 이는 현실을

왜곡해서 인지한다는 사실을 바로 깨닫지 못하게 하는 지각 필터
죠. 생각 바이러스를 소개하기 위해 '뇌를 컴퓨터로' 빗대어 설명하
고자 해요.

컴퓨터와 정신의 유사점

뇌가 컴퓨터처럼 정보를 처리한다고 생각하면 다음과 같은 비
유를 할 수 있다.

첫째, 하드 드라이브에는 과거부터 저장된 핵심 믿음과 가치가
모두 있다. 어린 시절, 역할 모델, 가치 체계 등이 포함된다.

둘째, 다음으로 소프트웨어가 있는데, 인생의 규칙과 태도가
저장된 곳이다. 이러한 규칙은 대개 '만약' 또는 '그러면'이라는
생각으로 존재한다. 이런 사고를 하면서 세상은 어떻게 돌아가
고 인간은 어떻게 행동하는지 아이처럼 배운다.

예를 들어 보자. 아이는 자신이 어떤 특정 행동을 하면 엄마가
화가 난다는 것을 알아차린다. 반대로 어떠한 행동을 하면 기뻐

한다는 것도 알아차린다. 어른들의 세계에서도 이 규칙은 상대방, 상사, 친한 친구 등에게 적용된다.

셋째, 그런 다음 모니터가 있다. 우리가 일상에서 의식하는 생각이 드러나는 곳이다.

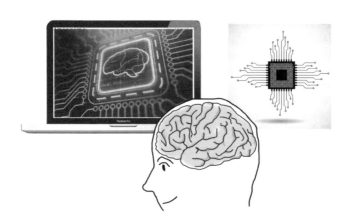

인간의 뇌가 컴퓨터라면 하드 드라이브에는 인생의 핵심 가치와 믿음이,
소프트웨어에는 인생의 규칙과 태도가 저장되어 있다.
모니터로는 생각이 드러난다.

정신의 속임수 : 뇌가 우리를 속일 때

계속해서 컴퓨터를 예로 들어 설명하자면, 우리의 정보 처리 시스템에 컴퓨터 바이러스에 상응하는 생각 바이러스가 들어오면 비이성적으로 생각하게 된다. 이러한 비이성적 생각은 과장된 감정을 불러일으킨다. 우리는 이 과장된 감정을 사실이라고 믿는다.

다음은 인지 처리 시스템에 침투해서 현실을 해석하고 관리할 때 대혼란을 주는 '생각 바이러스'의 목록이다. (이 목록은 쉽게 참고할 수 있도록 본 책 뒤쪽의 '부록2'에 담았다. 사고 과정에서 생각 바이러스가 활성화되는 시점을 감지할 수 있으려면, 이 목록에 익숙해져야 한다.)

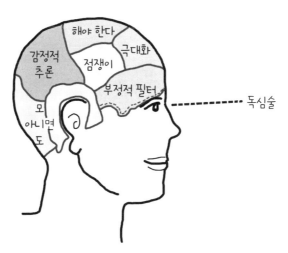

생각 바이러스(인지 왜곡)

이분법적 사고(All-or-nothing thinking)

세상은 '언제나/절대로', '아무도/모두', '모든 것/아무것도' 같은 이분법적 말을 사용하며, 흑백논리로 점철된 것처럼 보인다. 이렇다 보니, 사고방식이 매우 경직되고 인생의 모든 면을 다룰 '회색 지대'가 부족해진다. 이런 사고는 극단적이다.

누구나 흑백논리로 사고하는 사람 한 명쯤은 알고 있을 것이다. 이런 사람과 논의하기가 매우 어려운 이유는 항상 그들이 옳다고 생각하기 때문이다. "내가 하자는 대로 할 거 아니면 손 떼."라는 말은 그들에게서 듣는 아주 흔한 표현이다.

지나친 일반화(Overgeneralisation)

그저 그런 단 하나의 사건이 왜곡되면 마치 그것이 비참한 삶을 예고하는 사건처럼 보인다. 또한 유쾌하지 않은 하나의 사건은 실패가 끝도 없이 반복되는 것처럼 느껴지게 만든다. 다시 말해 지나친 일반화는 비관적인 요소를 강렬하게 계속 생각하며 사건을 해석하는 극단적인 방법이다.

부정적 정신 필터(Negative mental filter)

안경에 끼울 렌즈 필터를 샀다고 가정해 보자. 그 필터를 끼운 안경을 쓸 때마다 인생의 어두운 면만 보인다. 인생의 긍정적이고 재미있는 면은 필터로 걸러내고, 어떤 상황이든 부정적인 면에만 초점을 맞춘다.

특히 이 필터는 우울, 불안과 강력한 관계가 있다. 걱정이 많은 사람들도 역시 이 렌즈를 통해 끊임없이 세상을 본다.

긍정적인 면 폄하하기(Disqualifying the positive)

이 생각 바이러스는 부정적인 면에만 초점을 맞추지 않고, 자신이 성취한 긍정적인 면도 걸러낸다. 일을 잘했다고 칭찬을 받으면 이렇게 대답한다.

"누구나 할 수 있는 일이잖아요. 대단한 일도 아닌데요, 뭘. 운이 좋았어요."

이는 또 다른 방식으로 자기 자신, 자신이 사는 세상, 자신이 이룬 성취에 대해 일련의 부정적인 믿음을 유지하는 생각 바이러스다.

지나친 비약으로 결론 내리기(Jumping to conclusions)

지나친 비약으로 결론을 내리게 되는 가장 강력한 요인은 '~할 것이다.'라는 가정으로 세운 토대다. 그 사고를 뒷받침할 사실은 없지만, 자신의 믿음으로 부정적인 해석을 한다. 앞서 말했듯이 그 믿음은 사실이 아니다!

특히 이 생각 바이러스에는 두 가지 요소가 있는데, 온갖 형태로 드러나는 불안에 주된 역할을 한다.

1 독심술 오류(mind-reading)

우리는 기분에 따라 사람들이 자신을 부정적으로 생각한다고 제멋대로 결론을 내릴 때가 있다. 이 가정에는 아주 무시무시한 요소가 몇 가지 있다.

사람들은 대부분 시간을 그들 자신에 대해 생각하며 보내는데,

그때조차 나를 생각하고 있다.

사람들은 나에 대한 부정적인 생각을

나와 정확하게, 아주 똑같이, 동시에 하고 있다.

(이제는 사악한 검은 마법이라도 걸린 것이 틀림없다!)

이쯤 되면 당신은 자기 자신에 대해 그냥 생각할 때도, 다른 사람들이 자신의 생각을 안다는 착각이 들면서 혼란스러워질지도 모른다.

이 과정에서 계속 진행되고 있을 다른 행동이 있다. 이는 정신분석의 창시자로 불리는 지그문트 프로이트가 만든 용어로 '투사projection'라고 한다. 투사는 자신이 다른 사람의 마음을 읽을 수 있고, 다른 사람도 자신의 마음을 읽을 수 있다고 계속해서 믿는 것이다. 물론 당신에게도 다른 사람에게도 그런 능력은 없다. 다른 사람들과 상호작용을 할 때, 이 부정확한 투사라는 행동이 더해지면 속을 다 들켜서 상대에게 약점을 잡힌 듯한 기분이 들 것이다.

2 점쟁이 오류(fortune-telling)

'오, 이게 사실이라면 어떡하지!'

하지만 그럴 리 없다. 자신의 온갖 문제를 로또 숫자를 예측하는 능력으로 해결했다고 상상해보자. 어떤가? 이 생각 바이러스에 대한 믿음이 이만큼 터무니없는 것이다. 부정적인 결과를 끊임없이 예측하는(미래를 예언하는) 것은 걱정이 지나치게 많은 사람들이 가장 좋아하는 취미 활동이다.

이렇게 결론을 내려 보자. 당신이 다른 사람의 마음을 읽지 못하듯 그 누구도 다른 사람의 마음을 읽지 못한다. 더 많은 걱정을 통해 실제로 나쁜 일이 일어난다고 해서 그것이 미래를 예측한 것이 아님에도, 당신은 마치 자신이 예언 능력이 있는 것처럼 느낀다. 하지만 기억해라. 모든 건 우연일 뿐이다!

 기억하기: 감정은 사실이 아니다. 믿음도 사실이 아니다.

생각 바이러스에 속지 말자. 생각 바이러스는 아주 쉽게 사실이 아닌 것을 확신하게 만든다. 슬프고 불안하고 낙담하는 등의 감정을 유지하는 것처럼, 부정적 사고나 감정을 강화하기 위해 우리는 사실도 아닌 생각을 활용한다.

극대화(파국화, 최악의 상상) (Magnification AKA catastrophising)

흔히 작은 일을 크게 불리어 떠벌릴 때 '침소봉대'라는 말을 쓴다. 두더지가 파헤쳐 올린 흙더미를 산으로 둔갑시키며 "어마어마해, 거대해, 엄청나!"라고 말하는 것과 비슷하다. 과장에 과장을 보태다가 그 과장에 압도당할 때까지 과장을 그만두지 않는다. 당신은 종종 이런 과장을 자기 문제에만 적용하지 않고, 모든 상황을 대상으로 쉽게 적용한다.

 TIP 우리의 목적에 알맞은 '걱정'의 정의를 기억할 적절한 때가 됐다.

걱정이란	부정적으로	← 부정적 정신 필터
	최악의 결과를	← 파국화
	예측하는 것	← 점쟁이 오류

생각 바이러스가 머리에서 각각 어떤 짓을 하는지 이해할 수 있을 것이다. 다른 생각 바이러스도 익혀 보자.

극소화(Minimisation)

극소화는 극대화와 반대 개념이다. 예를 들어, 산을 두더지의 흙 두둑이라고 줄여 말하듯이 자신이 이룬 의미 있는 성취를 축소하는 것이다. 성취를 축소하고, 그에 따라 기뻐할 여지를 남기지 않으며, 자신의 강점과 이상적인 자질을 인정하려 하지 않는다.

당신은 자기 자신에게 호의를 보여야 한다. 무덤 속에서 성취를 기뻐하면 무슨 소용인가? 그러니 긍정적인 부분을 축소하고 폄하하는 행위는 아껴두자.

감정적 추론(Emotional reasoning)

감정적 추론은 점쟁이 오류나 독심술 오류로 사고를 왜곡하는 것만큼은 아니지만, 미묘하면서도 서서히 퍼지는 강력한 생각 바이러스다. 감정적 추론은 자신에게 이상한 확신을 주는데, '그 일이 사실이어야만 한다.'고 느끼게 만들기 때문이다.

이 지점을 설명할 때마다 나는 인지행동치료의 대가이자 『필링 굿』아름드리미디어, 2011의 저자인 데이비드 번즈를 언급한다. 데

이비드 번즈는 내가 다시 설명할 필요 없이 자신의 저작에서 정확히 내가 전하고자 하는 바를 훌륭하게 설명한다.

우울한 생각은 설사 왜곡되었다 하더라도 진실처럼 보이는 강력한 환상을 만들어 낸다. 이 망상의 근거에 대해 곧이곧대로 말하자면, 여러분의 감정은 사실이 아니다! 감정은 그 자체로는 인정되지도 않는다(우리 생각을 오롯이 비추는 거울 구실을 할 때만 빼고).

우리의 지각이 전혀 이치에 맞지 않을 때, 그것이 만들어내는 감정은 놀이공원의 요술 거울에 비친 모습만큼이나 기괴하다. 하지만 이 비정상 감정은 왜곡되지 않은 생각이 만들어낸 진실한 감정만큼 타당하고 현실감 있게 느껴진다. 그래서 우리는 여기에 진실이라는 속성을 자동으로 부여하게 된다.

—『필링 굿』中

위의 설명을 통해 내가 말하고자 하는 바를 이해할 수 있으리라 생각한다. 만약 부족하다면 다시 한 번 읽어보기를 권한다.

감정적 추론으로 다시 돌아가 보자. 두려움, 절망, 슬픔 등과 같은 마음이 들면 자신을 불안하게 만드는 비이성적인 생각을 믿기 시작한다. 그러나 이를 깨달았을 때는 이미 '소용돌이 걱정 열차' 티켓을 산 후다.

다시, 앞선 A-B-C 모형을 떠올려 보자.

B인지/사고는 A사건/현실를 평가한 다음 C감정/행동를 불러일으 킨다.

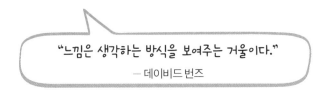

"느낌은 생각하는 방식을 보여주는 거울이다."
— 데이비드 번즈

이 명제를 반드시 믿어야 한다. 변화를 만들어 갈 핵심이기 때 문이다.

인지적 추론(Cognitive reasoning)

감정적 추론에 상응하는 인지적 추론은 감정적 추론과 아주 비슷한 가정에 토대를 둔다. 스스로 인지적 추론을 사실이라고 생각하고 믿으며, 틀림없이 그렇게 되리라고 가정하기 때문이다.

다시 말해 사실에 기초하지 않는 한 이 또한 사실이 아니다.

　예를 들어보자. 당신은 의자에 앉아 있고 나는 그 앞에 서서 묻는다.

　"지구는 평평한가요?"

　'치료사를 바꿀 때가 됐군. 이 여자 현실 감각을 잃었네.'

　당신은 잠시 이런 생각을 한 뒤 단호하게 대답한다.

　"아뇨, 당연히 둥글죠."

　나는 방어적으로 선 채로 내 발끝을 내려다보며 말한다.

　"그런가요, 저는 평평하게 느껴져요감정적 추론. 평평하게 보이는 데다 나는 똑바로 서 있잖아요. 지구가 둥글다면 어떻게 내가 이처럼 여기에 서 있을 수 있을까요? 나는 지구가 평평하다고 믿어요인지적 추론."

　당신은 지금 진실을 가리려는 이 상황에 싫증을 느끼며 직설적으로 대답한다.

　"사실은 지구가 둥글다는 거죠. 이를 입증하는 과학적인 증거도 있어요."

　바로 이 말이 핵심이다.

'증거가 있다.'

사실 외에 다른 무언가를 믿는 것이 바로 인지적 추론이다.

 다시 한번 말하지만, 믿음은 사실이 아니다.

생물학적 추론(Biological reasoning)

내 기억이 맞다면 나도 이런 믿음을 한 번 만들어낸 적이 있다.

지금쯤이면 당신도 인지적 추론과 감정적 추론을 이해하리라고 생각한다. 나는 사실이 아닌 것을 틀림없는 사실이라고 확신하는 이런 개념에 또 다른 요소가 수반된다고 판단했다.

신체 감각은 대개 우리가 이따금 괴롭다고 인지하는 첫 번째 반응이다. 앞서 잇몸에 혹이 난 사람의 이야기를 기억하는가. 우리는 그것을 통해 건강 염려증이 있는 한 개인이 자신이 발견한 혹을 어떻게 확대 해석했는지 알아봤다. 하지만 이런 현상은 진단을 받지 않아도 일어날 수 있다.

예를 들어보자. 당신은 며칠 동안 잠을 잘 자지 못해서 아주 피곤하고 계속 불안하다. 이내 속이 말썽을 일으키기 시작한다. 무슨 일이 일어날 것 같은 기분이 들며, 지나치게 부정적으로 생각하기 시작한다. 이런 생각이 머릿속을 빙빙 맴돌고, 당신은 인터넷을 통해 자가 진단을 내리며 걱정의 소용돌이로 다시 빨려들어간다. 기분이 괜찮은 날엔 맹장염이었다가 기분이 별로인 날엔 대장암이 된다. 몸이 생물학적으로 보내는 신호를 해석하면서 어떤 증거도 없이 의미를 부여하고 공포에 휩싸이는 지경에 이른다.

이를 A-B-C로 기술하면 다음과 같다.

시나리오	A 사건 → B 생각, 의미 부여 → C 반응 : 감정, 신체, 행동
A 상황	배가 아픔
B 생각	으악, 왜 이렇게 아프지? 이렇게 아픈 적이 없었는데! 못 참겠어! 난 이 병을 이겨내지 못할 거야. 만약에, 만약에, 정말 만약에 대장암이면 어떡하지?
C 감정	두려움, 불안함, 괴로움
C 신체	심장이 터질 것 같음, 제대로 숨을 쉴 수 없음, 땀이 남, 배가 더 심하게 아픔
C 행동	걱정하기, 계속 인터넷 검색하기, 서성거림

자, 이렇게 생물학적 추론이 작동한다.

소화기 기능성 질환 : 두 개의 뇌

옆의 시나리오에 덧붙여 소화기관에 대한 중요한 정보를 하나 더 소개하고자 한다.

사람들은 '위 혹은 장의 불편함'을 이야기할 때, 내적으로 어떻게 느끼는지에 초점을 맞추고 그 느낌에 근거하여 결론을 내린다. 아마 다들 이런 경험이 실제로 있을 텐데, 이는 전체 세로토닌 수용체 중 95%가 소화기관에 있다는 사실을 고려하면 그다지 놀랍지 않다.

소화기 기능성 질환은 신경과학에서 실제로 관심을 보이는 분야다. 이 분야에 관심이 있다면 신경생물학이 무엇인지 맛볼 수 있는 소소한 정보가 하나 있다. 장신경계라고 알려진 소화관에 뇌세포가 있다는 사실은 아는가? 이러한 신경 세포뉴런는 척수 맨 위쪽에 있는 뇌와 더불어 '제2의 뇌'라고도 일컫는다. 새로운 연구 결과에 따르면, 이러한 신경 세포는 포유류 조상에게 존재했던 가장 최초의 '뇌'일지도 모른다.

두 개의 뇌를 잇는 연결고리는 불안, 우울, 장 궤양, 과민성대장증후군

등 신체적 및 심리적으로 무수한 고통을 주는 주요한 원인이다. 또한 연구에 따르면, 불안과 우울함을 느끼는 사람의 대다수가 위장계 장애를 겪을 수도 있다고 한다.

— 에머런 메이어 박사, 『더 커넥션-뇌와 장의 은밀한 대화』 저자

이런 이유로 과잉 걱정이 어떻게 불안을 야기하는지, 불안이 얼마나 당신의 건강, 특히 소화계에 과민성대장증후군처럼 안 좋은 영향을 미치는지 계속 이야기하고 있다. 농담을 하는 것이 아니다.

'제2의 뇌'에 대한 연구에 관심이 있다면 2005년 8월 『뉴욕 타임스』에 게재된 「뇌, 머리에 하나, 뱃속에 하나A brain in the head, and one in the gut」란 기사를 읽어 보면 도움이 될 것이다.

개인화(Personlisation)

개인화는 외부 사건의 원인이 자신이라고 믿으면서 자체적으로 고통의 감정을 지어낸다. 외부 사건은 당신과 아무런 관련도 없고, 애초에 책임을 져야 하는 일도 아니었다. 하지만 결과적으로 자신의 죄를 들킨 것 같고, 약점을 잡힌 듯 나약해지고 죄책감을 느끼며, 자꾸 안으로 숨어들고 회피하는 반응을 보인다. 이런 외부 사건의 이유로 자신을 비난하기 시작한다면 화가 나고 무기력해질 것이다.

이런 왜곡은 단순히 괴로워하고 나약해지는 것 이외에도 자기애와 유의미한 관계가 있다. 모든 일이 자기를 중심으로 돌아가며, 어쩐지 다 자신과 관련이 있다는 믿음에 근거하기 때문이다.

다음의 문자는 개인화가 어떻게 일어나는지 볼 수 있는 전형적인 사례다.

한 남자가 점심때쯤 배우자에게 문자를 보냈다. 곧바로 답이 오길 기대한다. 아주 당연하게 말이다. 그러나 30분이 지나도 답이 없다. 휴대전화가 제대로 켜져 있는지, 벨 소리가 무음으로 되어 있지는 않은지 확인한다. 휴대전화도 껐다가 다시 켜 본다. 혹시 문자를 보낸 이후 통신사의 네트워크에 문제가 있었을지도 모른다는 생각 때문이다. 그래도 답은 오지 않았다. 남자는 또 문자를 보낸다.

안녕, 나야. 내 문자 받았어?

또 나야. 별일 있는 건 아니지?

괜찮아?

저기, 어젯밤에 그렇게 말해서 정말 미안해. 농담으로 한 말인데 그렇게 잘못 받아들일 수 있다는 생각도 드네. 사랑해.

내 문자에 답할 생각이 눈곱만큼은 있는 거야?

그래, 마음대로 해! 농담으로 받아들일 수 없다면 꺼져 줄게! 내가 나갈게!!!

자기야, 자기 문자 이제 막 봤어. 긴급 회의가 있었거든. 무슨 일 있어?

익숙한 상황인가? 생각도 마찬가지다.

듣고 싶지 않은 노래처럼 머릿속에서 최악의 사고 과정이 그 자리를 계속 빙빙 맴돈다고 알아차릴 수 있을까? 스스로 하는 '과잉 생각'을 들을 수 있을까?

혹시 앞서 나왔던 낙타 사례를 까먹었거나, 낙타를 생각하다가 이 사례를 잘못 이해한 경우에 대비하여 이런 사고 과정을 보여주는 대본을 하나 준비했다.

변기 물이 쑥 내려갈 때처럼 생각이 걱정의 소용돌이 속으로 빙글빙글 원을 그리며 자신을 아래로 끌고 간다고 생각해 보자.

음… 답이 아직 안 왔네. 그녀가 아무리 바빠도 문자 할 짬 정도는 낼 수는 있을 거야. 지금 10분밖에 안 지났으니 문자를 또 보내 괴롭히지는 말아야지.

문자를 또 보내기 전에 기다려야지. 문자를 또 보내면 내가 자기를 통제하려고 한다고 생각할 거야. ▶ 독심술 오류 그러면 그녀가 집에 오지 않을지도 몰라. ▶ 점쟁이 오류 ▶ 부정적 정신 필터

젠장! 그녀가 이렇게 나온다면, ▶ 인지적, 감정적 추론 나도 더는 못

117

참아! 나도 이대로 있지 않을 거야! ▶ 파국화 그리고 여전한 개인화

내가 사과를 안 한 것도 아닌데, 아직도 답이 없어. 나를 얼간이

로 대해도 된다고 생각하나 봐. ▶ 심해진 마음 읽기 ▶ 독심술 오류

▶ 부정적 정신 필터 ▶ 인지적, 감정적 추론 견딜 수가 없어!

'견딜 수 없다'는 이 마지막 생각은 다른 생각 바이러스로 이어

진다.

견딜 수가 없어!(I can't stand it!)

이 생각은 자신에게 남아 있던 일말의 관용도 완벽하게 없애

버리는 명령어다. 스스로에게 그 말을 하자마자, 잠시도, 또 다른

말도, 또 다른 상황도 참을 수가 없으며, 이 생각이 사실이라고

믿기 시작할 것이다!

일단 생각이 이렇게 진행되면 회복력은 산산조각이 나고 만

다. 이렇게 몹시 압도당하는 순간(자신의 상상으로 만들어낸 생각임

을 잊지 말자!) 눈물이 터지거나 화가 치밀어 오르지만, 이럴 필요

가 조금도 없으며, 누군가 일부러 그러라고 사실을 조작한 것도

아님을 명심해라. 스스로 무언가 '견딜 수 없다'는 확신은 새로운 상황이 와도 견딜 수 없다고 자신에게 말하는 것과 마찬가지다. 새로운 상황에서도 엄청난 압박에 시달릴 것이기 때문이다.

예를 들어 보자.

> Example
>
> 파티에서 낯선 사람들과 말을 못 하겠어. 나를 지루하다고 생각할 테니 뭐라고 말해야 할지 모를 거고, 그러면 멍청해 보이겠지. 그냥 못하겠어, 견딜 수 없을 거야.

어떤가? 내가 보기에 '견딜 수 없다'는 결론은 지나친 비약이다. 자신이 겪어야만 한다고 말하는 장애물은 오직 당신의 마음속에만 있다. 파티에 온 사람을 둘러보며 대화를 시작하려는 당신에게 어떠한 물리적 장애물도 없다. 장애물은 생각 바이러스, 즉, 인지 왜곡뿐이다.

살면서 겪은 가장 최악의 상황을 떠올려 보자. 부모를 잃거나, 끝이 안 좋게 헤어지거나, 직장을 잃었을 수도 있다. 그래도 여전히 우리는 지금 여기에 있다. 그러므로 나는 당신이 그 일을 잘

자신에게 겪어야만 한다고 말하는 장애물은 오직 당신의 마음속에만 있다.

지나왔다고 생각한다. 진실만을 토대로 했을 때 생각은 이렇게 이어질 것이다.

'이 상황이 아주 좋지는 않지만, 더 안 좋은 일도 있었는데 잘 해결했잖아.'

당신은 이 사실을 놓지 말고 계속 기억해야 한다.

이름 붙이기(Labelling)

이름 붙이기는 지나친 일반화와 핵심은 같지만, 자신이 잘못한 일만 골라서 생각한다는 점에서 다르다.

'난 항상 같은 실수를 하네, 정말 바보 천치라니까!'

물론 이런 생각을 다른 사람에게 투영하기도 한다.

'그 사람은 제대로 한 적이 없어. 내가 하는 게 낫겠어! 멍청이.'

이러한 생각은 자신의 머릿속에서 전쟁을 일으킬 잠재력이 있는, 분명 감정이 잔뜩 실린 신경 언어생각의 언어, neurolinguistics다.

나   다음에 이야기할 '해야 한다'식 바이러스는 매우 복잡하면서도 치명적이어서, 다음 상담 시간에 더 자세히 얘기하도록 해요. 오늘은 여기까지 하고, 다음 주에 봅시다.

'해야 한다'식 사고?

나   다시 만나서 반가워요. 지난 한주 동안 당신과 관련해서 제가 알아야 할 일이 있나요? 좋은 일이든 나쁜 일이든, 어떤 일이든지요.

당신   아내한테 문자를 보내다가 제가 좀 지나치게 행동하는 바람에 지금 부모님 집 소파에서 지내고 있어요. 지금 하는 인지행동치료라는 건 언제 효과가 나타날까요? 제 감정을 통제하는 데 도움이 될 거라 생각했거든요.

나   음, 우리 겨우 두세 번 만났어요. 인지행동치료를 안다는 것은 새로운 언어를 배우는 것과 같아요. 다른 점이라고는 그 중심에 생각의 언어가 있다는 거죠. 계속해 보죠. 거의 다 왔어요.

지난 시간에 설명했듯이, 생각 바이러스인 '해야 한다'식 사고는 관심을 조금 필요로 한다. 나는 이전 책 『알고 싶어, 내 마음의 작동 방식』뜨인돌, 2020에서 이러한 왜곡을 설명하느라 많은 부분을 할애했다. 이전 책을 기반으로 이 왜곡에 대한 개념을 다시 설명하고자 한다.

우선 '해야 한다'를 비롯해 '안 하면 안 돼', '하지 말아야 해'라는 말은 사실상 모두 같은 의미로 똑같은 감정, 신체, 행동 반응을 이끌어낸다.

아래 표의 '해야 한다'식 문장은 자신과 다른 사람 그리고 세상에 대해 느끼는 방식이 특히 얼마나 파괴적인지 보여준다.

생각	영향
나는 ~해야 했어.	죄책감, 후회
나는 ~하지 말았어야 해.	죄책감, 자기혐오
그들은 ~해야 했어.	분노, 좌절, 실망
그들은 ~하지 말았어야 해.	분개, 분노, 좌절
나는 ~해야 해.	압박, 긴장, 의무감
나는 ~안 하면 안 돼.	심한 압박, 심한 긴장

지금 이 말에 재미가 한가득 느껴지는가? 그럴 리 없다. 전부 끔찍한 감정, 신체적 긴장, 괴로움뿐이다. 그런데도 여전히 당신은 이러한 표현을 믿으며, 놀랍게도 생각을 할 때 이러한 표현에 우선권을 부여한다.

나는 '~해야 했어'라는 표현의 사용에 단호한 입장이다. 이는 '해야 한다'와 '하면 안 돼'라는 표현처럼 통제 기반의 표현이다. 특정 정교회는 교인들을 다스리기 위해 수 세기에 걸쳐 '너희는 ~해야 한다. / 너희는 ~하지 못한다'와 같은 표현을 사용해서 교인들을 통제하고 그들에게 죄의식을 부여했다.

나는 지난 몇 년 동안 이런 표현을 옹호하는 사람들에 맞서 싸워왔다. 이들은 우리 사고와 신념 체계에서 이런 통제 표현을 없애면 난장판이 될 것이라고 주장한다. 내가 상담했던 한 남자는 자제력이 있는 부정적인 완벽주의자였다. 나는 그 남자에게 생각할 때 '해야 한다'식 표현을 없애자고 제안했지만, 그는 동기 상실로 인한 실패를 두려워했다. 안타깝게도 많은 사람들이 동기 상실을 두려워한다.

위의 사례들을 기반으로, 인지 이론에서 '해야 한다'식 표현을 논의할 때 사용한 두 가지 분류를 살펴보자.

교육적 '해야 한다'

이 표현은 아이를 훈육할 때 주로 사용하는 표현이다. 예를 들어, 아이들에게 절대로 포크를 콘센트에 집어넣지 말라고 '가르쳐야' 한다. 이를 가르치면 바라건대 아이가 전기에 감전될 위험을 최소화할 수 있기에 '해야 한다'식 표현은 유용하다.

교육적 '해야 한다'식 표현은 컴퓨터나 기계를 조작하는 방법이 담긴 설명서에서도 볼 수 있다. 예를 들어 '프로그램 실행 전에 이것을 항상 켜야만 한다. 그렇지 않으면 컴퓨터가 망가질 수 있다.' 같은 것들이 그렇다. 다시 말해 이 표현은 유용하고 사실에 근거한 정보를 말할 때 사용한다.

도덕적 '해야 한다'

문제는 도덕적 '해야 한다'식 표현에서 발생한다. 예를 들면, '내 방식대로 해야 해. 내 방식이 옳으니까.', '그 종교는 믿으면 안 돼. 나에게 신은 딱 한 명뿐이야.', '저 차를 그렇게 운전하면 안 돼. 정말이지… 별로야.' 등이 그렇다.

> **TIP** 도덕적 '해야 한다'는 가치, 신념, 기대에 근거한다.
> **질문**: 누구의 신념이 옳은가?
> **대답**: 그 누구의 신념도 옳지 않다. 신념은 사실이 아니다.

이때, '해야 한다'식 표현을 매우 민감하게 인지하도록 노력해야 한다. 이러한 표현 때문에 압박감을 느끼고, 압박감에 병이 날 수 있다.

'해야 한다'식 표현이 상대에게 기대하는 형식을 띨 때 인간관계에서도 문제가 발생한다. 자신이 하는 것만큼 상대방 또한 해야 하고, 어떤 생각을 해야 한다고 가정한다. 하지만 상대방은 당연히 그렇지 않다.

다음의 사례를 살펴보자.

내가 당신의 이웃이라고 상상해 보자. (상상이 잘 안된다면, 이전에 언급했던 낙타를 얼른 떠올려 보자.) 나는 당신의 집에 들러 당신이 지난주 새로 산 잔디깎이를 빌려달라고 부탁한다.

당신 (소심하게)뭐, 그러죠. 대신 조심히 사용해 주세요. 산 지 얼마 안 됐거든요.

나 당연하죠, 고마워요.

잔디 깎는 기계를 돌려받기까지 일주일이나 지났다. 당신은 비 오는 날 여러 번 밖에 그대로 놔둔 잔디깎이를 봤지만, 갈등을 빚기 싫어서 아무 말도 하지 않았다. 하지만 지난 한 주 동안 당신의 머릿속에 떠나지 않는 생각이 있었다.

'나의 새로 산 잔디깎이를 저렇게 취급하면 안 되지. 뭐라도 덮어놔야 한다고. 저 사람은 자기가 무슨 짓을 한 건지 알고는 있을까? 잔디 깎이를 절대 빌려주지 말았어야 해!'

이 사례에서 '해야 한다'식 사고가 보이는가? 그것은 어떤 말과 함께 쓰이는가? 이 사례에서는 다음과 같은 반응이 분주하게 들

끓고 있다. 분개, 실망, 좌절, 분노.

누군가에게 친절하게 대하면 상대방도 호의를 보이고, 상대방 물건도 내 물건처럼 다룰 것이라고 믿는다. 그러나 이런 믿음은 항상 실현되지 않는다. 나의 동료 한 명은 이렇게 말했다.

"내 생각대로 다른 사람이 행동하는 행성이 있다면, 이 지구는 아닐 거야."

 몇 가지 도움말

'해야 한다'식 사고를 없애자

괜히 이런 표현을 생각 바이러스라고 부르는 것이 아니다. 덜 부담스러운 표현으로 대체해 보자.

내담자 중 몇몇은 대개 상담 치료에서 얻은 성과로 '해야 한다'식 사고를 하나 꼽으면서, '해야 한다'식 사고를 하지 않으니 행복해졌다고, 해방된 기분이 든다고 말했다.

'해야 한다'는 표현을 대체할 단어로
선택을 강조할 수 있는 표현을 찾자

예를 들어 '오늘 집안일을 전부 하는 게 좋겠어. 오늘까지 다 끝내야만 해. 안 하면 안 돼.'라고 생각한다. 이는, 차 한잔을 하고서 머리가 지끈거려 잠시 침대에 누워 쉬는 자신에게 하는 말처럼 들린다.

그럼 이렇게 생각해 보자. '집안일을 오늘 할 수도 있어. 하지만 이번 주는 너무 힘들었으니 오늘은 조금만 하고 나머지는 내일로 미뤄도 괜찮을 거야.'

자, 기분이 조금 낫지 않은가?

나 자, 오늘 상담은 이만하죠. 이번 주에는 다음 양식의 생각 다이어트 노트를 작성해 오길 바랍니다.

지난 시간의 생각 다이어트 노트와 비슷하지만, 이번에는 '생각 바이러스D열' 칸이 하나 추가됐습니다. 전처럼 A에는 사건을 기술하고, B에는 생각을, C에는 반응을 적어 보세요. 잊지 말고 괴로움의 정도도 평가하세요. 그런 다음 마지막 칸에는 B열생각에서 생각 바이러스를 찾아 D열 생각 바이러스에 적어 보세요. 사건은 자신이 쓰고 싶은 어떤 일도 쓸 수 있습니다. 한 주 동안 괴로움의 정도가 70% 이상이었던 때를 찾아보세요. 이렇게 괴로움의 정도가 높은 사건이 필요한 이유는 자신이 가장 불편해하는 상황을 목표로 삼기 위함입니다.

최선을 다해 작성해 보길 바랍니다. 그럼 다음 시간에 뵙겠습니다.

(내가 당신에게 잔디깎이를 또 빌려달라고 하면, 당신이 어떻게 반응할지 매우 궁금하군요.)

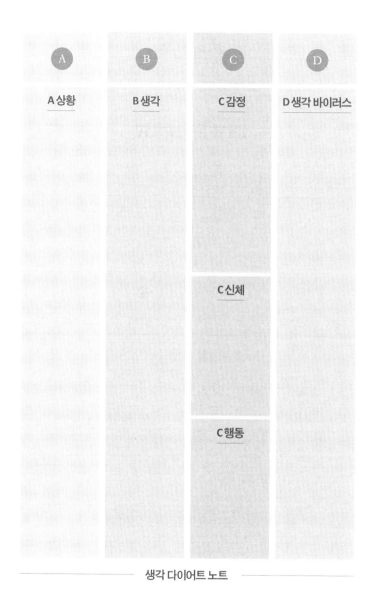

A 상황	B 생각	C 감정	D 생각 바이러스
		C 신체	
		C 행동	

생각 다이어트 노트

내가 독심술사?

나   다시 보니 좋아요. 소파에서 자는 건 괜찮아요?

당신 지난 시간 상담한 내용을 다시 살펴보니까, 제가 부정적 정신 필터
로 최악의 상상 ▶파국화 을 했다는 것을 깨달았어요. 감정적 추론
을 하기 시작하니 나는 옳고, 그녀는 틀리다 ▶인지적 추론 고 믿기
시작했다는 것을 알게 됐죠. 이 모든 생각을 내 머릿속에서 만들어
냈다고 깨닫고는 지나치게 반응해서 미안하다고 사과했어요. 그러
고는 집으로 돌아갔죠.

나   잘했어요. 배운 내용을 부인과도 다시 살펴봤나요?

당신 네, 같이 봤어요. 생각 바이러스 목록을 보여주자 제가 어떻게 생각
하고 있었는지 이해하더라고요. 자기는 나처럼 생각하지 않아서 조

금 놀란 것 같아요.

나   배운 내용을 공유하는 것은 정말 좋은 생각이에요. 왜냐하면 당신

도 지금 말했듯이 모든 사람이 자신과 똑같이 생각하지는 않거든요.

연인, 부부의 독심술

연인끼리 서로 같은 생각을 한다고 아주 쉽게 가정하는 경향
이 있다. 하지만, 앞의 대화에서 보듯이 같은 생각을 하지 않을
경우가 더 많다.

'아내는 내가 무슨 생각을 하는지 몰랐는데, 내 생각과 다르게
생각하기 때문이지.'

TIP 두 사람이 같은 생각을 한다고 가정하면, 대화가 자주 꼬
이면서 흔히 갈등이 일어나고 진전이 없는 상황을 맞이할 것이다.

빠른 이해를 위해, 하나의 에피소드를 예로 가져왔다.

퇴근 후 집에 도착하니 아내가 거실에 앉아 창밖을 응시하고 있다.

아내는 당신을 아는 척도 하지 않는다. 당신이 "나 왔어, 자기야. 오늘 어땠어?"라고 묻지만 대답이 없다. 조금 이상함을 느낀 당신은 아내에게 다시금 묻는다.

"괜찮아? 평소랑 다른데?"

"더할 나위 없이 좋아. 신경 써 줘서 고마워."

"진짜 별일 없어?"

"응, 말했잖아."

당신은 여전히 조금 불확실하지만, 그녀가 말하는 대로 믿기로 한

다. 왜냐하면 당신은 상대의 마음을 읽는 사람이 아니니까. 당신은 안심하고 말한다.

"좋아, 그럼 다 좋다는 거네! 그러면 나 팀원들이랑 맥주 한잔하러 나가려고."

"나쁜 놈! 네 마음대로 해!"

대부분 이와 비슷한 상황을 분명 겪은 적이 있을 것이다. 상대방과 함께한 시간이 길고 친숙하다고 해서 그것이 상대방의 마음을 읽을 수 있다는 의미는 아니다. 가정에 기반해 행동하는 것은 도움도 안 되고 잠재적으로 아주 파괴적인 행동이기도 하다.

남편은 오늘이 무슨 날인지 기억해야 했어. 날 사랑하지 않나 봐. 자기밖에 모르고 정말 이기적이야. 나가서 오늘 안 들어오든 나도 신경 안 쓸 거야.

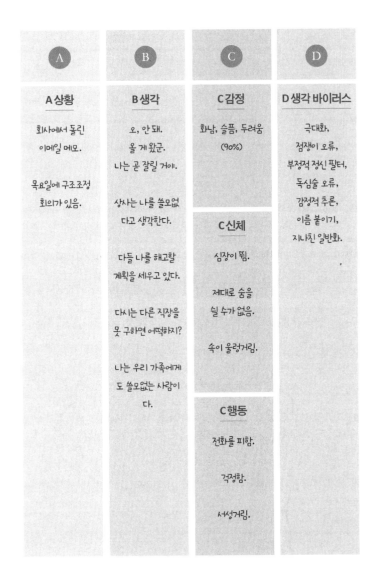

A 상황

회사에서 돌린
이메일 메모.

목요일에 구조조정
회의가 있음.

B 생각

오, 안 돼.
올 게 왔군.
나는 곧 잘릴 거야.

상사는 나를 쓸모없
다고 생각한다.

다들 나를 해고할
계획을 세우고 있다.

다시는 다른 직장을
못 구하면 어떡하지?

나는 우리 가족에게
도 쓸모없는 사람이
다.

C 감정

화남, 슬픔, 두려움
(90%)

C 신체

심장이 뜀.

제대로 숨을
쉴 수가 없음.

속이 울렁거림.

C 행동

전화를 피함.

걱정함.

서성거림.

D 생각 바이러스

극대화,
점쟁이 오류,
부정적 정신 필터,
독심술 오류,
감정적 추론,
이름 붙이기,
지나친 일반화.

시작하기 전에, 나는 당신이 적어 온 새로운 생각 다이어트 노트를 먼저 살펴보고 생각 바이러스를 식별해냈다. 인지 언어와 생각 다이어트 노트를 통합하고 나면 더 쉽게 이해가 될 것이다.

당신   혼자서도 생각 바이러스를 꽤 많이 찾았어요. 저 자신을 그런 상태로 밀어 넣었다니 믿기지 않아요.

나   이 생각 다이어트 노트를 한 번에 하나씩 설명해 볼게요. 생각 바이러스가 계속해서 어떻게 바뀌는지 중점적으로 살펴본 뒤, 당신에게 어떤 영향을 미치는지 이야기하죠. 이어서 당신이 이 사건에 부여한 의미를 재구성하는 몇 가지 기법을 논의해 봐요.

생각 사슬의 재구성

Ⓐ 사건

구조조정 회의가 있다고 안내를 받았다.

Ⓑ 생각

곧바로 '걱정'하기 시작한다. 이것이 바로 생각이 자기 자신에게 하는 말이다.

↓

'오, 안 돼. 올 게 왔군. 나는 곧 잘릴 거야.'

회의를 알려주는 이메일은 즉시 최악의 상상 ▶파국화 으로 이어진다. 모 아니면 도라는 식 ▶이분법적 사고 으로 직장, 자신의 미래, 그 밖의 모든 것이 끝났다고 자신에게 말한다. 자신이 해고 당할 것이라고 전적으로 확신하며, 이 정보를 미래를 점치는 '점쟁이 모자'에 넣는다. 모든 일이 자기와 관련이 있다는 개인화 필터로 걸러서. 그 이메일이 실은 자신에게, 오로지 자신에게만 보낸 내용이라고 생각한다. 사실을 감추기 위해 전체 메일로 위장한 것일 뿐, 해고를 당하는 사람은 자신뿐이라는 생각이 든다.

↓

'상사는 내가 쓸모 없다고 생각한다.'

바로 이 생각이 당신에게 마음을 읽는 능력독심술, mind reading 이 있다는 증거다. 이 생각으로 이미 미래를 읽어냈다. 자, 이제 당신은 사람들의 마음을 읽을 수 있으니, 엄청난 재능을 가졌다!

그러나 이런 생각이 아주 사악한 힘을 얻게 되는 시점은 바로 인지적 추론을 하고 난 직후이다. 이제 당신은 자신의 생각이 사실에 근거한다고 90% 믿기 시작한다. 그러나 이는 절대로 사실일 수가 없다. 왜냐하면 당신이 믿는 생각은 독심술의 결과지 사실에 근거하지 않기 때문이다.

↓

'다들 나를 해고할 계획을 세우고 있다.'

자, 다시 시작이다! 고장 난 생각이 앞장을 서고, 이성적인 생각이 가장 마지막에 떠오른다. 이제 당신은 회사 전체 직원의 마음을 읽고 있다. 사무실에 있는 직원 모두 ▶ 이분법적 사고 무슨 생각을 하는지 안다. 잠깐만, 여기에는 다른 생각 바이러스도 있다. 직원들이 미래에 무슨 생각을 할지도 알고 ▶ 점쟁이 오류 , 또 이 생각이 부정적 정신 필터로 걸러서 보인다.

↓

'만약에 다시는 다른 직장을 못 구하면 어떡하지?'

자, 여기 '걱정 주문'이 나왔다. '만약에 ~하면 어떡하지?'가 바로 그것이다.(걱정의 정의를 살짝 떠올려 보자. 걱정은 부정적으로 최악의 상황을 예측하는 것이다.) 이 생각에서는 '살면서 다시는 또 다른 직장을 구하지 못할 것이며, 이는 완전히 대참사 일 것'이라고 예측한다. 이 모든 근거 없는 헛소리를 믿고 있으니 지금쯤 매우 비참한 기분이 드는 것도 당연하다. 그래서 지금 C 열을 보니 심장이 뛰고, 제대로 숨을 쉴 수가 없으며, 속이 울렁거리는 증상이 90% 정도로 높게 나타났다. 정말로 괴로워하고 있다. 이쯤 되면, 온갖 왜곡된 생각과 결부된 감정적 추론은 감정과 신체 감각 전부를 믿는다. ▶ 생물학적 추론

↓

'나는 우리 가족에게도 쓸모없는 사람이다.'

재미있게 설명을 하기위해 조금 가볍게 말했지만, 이런 사고는 끔찍하다. 이런 유형의 사고는 우울한 기분을 부추기며, 우울증에 항상 수반된다.

우리는 생각 사슬thought of chain의 맨 끝에 와 있다. 여기서 주목할 점은 생각 사이사이에 넣은 화살표이다. 이는 단순히 당신의 이해를 돕기 위한 것이 아니라, '하향 화살표 기법downward arrow technique'이라는 인지행동치료의 접근법 중 하나이다. 임상 심리학자는 내담자의 생각 사슬을 따라 아래로 내려가서 그곳에 어떤 생각이 가장 고통스럽게 자리를 잡고 있는지 살펴본다. 책 『기분 다스리기』의 저자 크리스틴 페데스키Christine Padesky 는 이를 '뜨거운 생각hot thought'이라고 부른다. 뜨거운 생각은 우리를 가장 화나게 하는 생각으로, 이 생각을 믿을 때 가장 고통스럽다.

TIP '믿는다'는 말을 강조하는 이유는 인지행동치료가 작동하고 성공하는 데 기본이 되는 개념이기 때문이다.

이렇게 설명해 보자.

생각 다이어트 노트에 감정 반응과 신체 반응의 주관적 고통 지수SUDS를 90% 정도로 평가했는데, 이는 자신이 느끼기에 이 경험이 아주 심각하게 부정적이라는 의미다. 이러한 감정 반응과 신체 반응을 합쳐 '심리적 반응affectual response'이라고 한다. (심리학에서 Affect이라는 영어 단어는 어떤 기분이나 감정을 느끼게 되는 근본적인 경험을 기술할 때 사용하는 개념이다.)

대체로 아주 많은 경우. 주관적 고통지수 90%는 호흡법에 따라 숨을 쉬거나174p 참고 앞서 배운 가장 중요한 기술 중 하나만 사용해도 가라앉힐 수 있다.

> **TIP** '생각 바이러스를 인식하고,
> 자신의 생각에 사실이 존재하는지 질문하라.

예를 들어 보자. (스스로 다른 예를 들어볼 수도 있다.)

- **독심술 부리기** : 나는 마음을 읽지 못한다 → 사실

- **대참사 예측하기** : 나는 점쟁이가 아니다 → 사실

- **개인화하기** : 모든 것이 나와 관련이 있지는 않다 → 사실

> **TIP** 생각 바이러스 목록을 외우는 것은 중요하다(부록 2 참고). 이는 아무리 강조해도 지나치지 않다. 그렇지 않으면 생각 바이러스를 없애는 기술이 바로 떠오르지 않는다.

어쩌면 당신은 모든 상황을 최악으로 상상했을 뿐, 다시 이성

적으로 생각하지 못하겠다고 느낄 수도 있다. 그러나 이러한 상황을 다루는 법을 배우는 것이 무엇보다도 중요하다.

그러기 위한 아주 즉각적이고 효과가 좋은 기법이 있다. 앞으로 이런 기법을 살펴보며 어떻게 그 전략을 실천하면 되는지 설명하고자 한다.

상담실에 있는 우리 두 사람을 다시금 떠올려 보자. 당신은 상담이 끝나고 밖으로 나가 휴대전화를 켠다. '집으로 빨리 전화해 줘.'라는 문자가 와 있다. 바로 집에 전화를 걸자 당신이 몹시 사랑하는 사람이 횡단보도를 건너다가 트럭에 치였고, 응급상황이라는 소식을 듣는다. 나는 이 소식을 들은 경험을 주관적 고통지수로 평가해보라고 요청한다.

당신   100%일 거예요!

나   잠깐만요, 당신이 사랑하는 사람은 여전히 살아 있고, 상황이 얼마나 심각한지 아직 모르는 상황이에요.

당신   맞아요. 그냥 너무 무서웠어요. 좋아요, 그럼 95%로 할게요.

나   좋아요. 지금 바로 이 방법이에요.

최악의 상상에서 벗어나기 위한 '무서움 척도(Terribleness Scale)'

나   당신 표정을 보니 두 사건이 거의 붙어 있는 데다가, 5%밖에 차이가 안 나니 조금 당황한 것 같군요. 그렇다면 다시 생각해 볼 시간을 드릴게요. 즉, 회사 이메일의 퍼센트를 바꾸고 싶은지 묻는 거예요.

당신   음...... 회사 이메일은 30%로 바꿀게요. 그러고 보니 그 정도로 화가 났던 것 같지는 않네요.

나   잘했어요. 괴로움의 정도를 60%나 멋지게 낮췄네요. 괴로움의 정도를 50% 이하로 평가할 때 주관적, 신체적, 감정적 상태를 관리하기가 더 쉬워지고, '그래, 맞아. 기분이 훨씬 나아진 것 같은데?' 하고 다시 이성적으로 생각할 준비를 할 수 있어요. 이보다 더 낮은 30%라는 점수는 회사 이메일을 받은 상황이 심각하지 않다는 것을 훨씬 잘 반영하고 있지요. 90%란 점수는 사실이 아닌, 허구에 근거한 왜곡된 생각으로 자신을 겁주는 것이라고밖에 할 수 없어요. 현실을 부정적이고, 도움이 되지 않는 방식으로 인식하고 비추면서요.

이제 하얀 종이 한 장을 꺼내 아래 척도를 그려 보자. 물론 휴대전화에 그리기 도구가 있다면 그것을 활용해도 좋다.

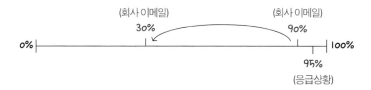

자, 그럼 이제 방금 그린 척도 밑에 이렇게 적어 보자.

"이 상황이 실제로 얼마나 나쁠까?"

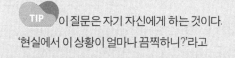
TIP 이 질문은 자기 자신에게 하는 것이다.
'현실에서 이 상황이 얼마나 끔찍하니?'라고

이 기법은 몹시 괴로운 정도를 '가라앉히는' 데 매우 효과가 좋다. 시각화를 처음 해 보면 약간 불편할 수도 있지만, 불편하다고 해서 죽은 사람은 아무도 없다. 효과를 보려면 이런 불편함은 감내할 만하다고 생각한다.

이번 시간에 '믿는다believe'는 행위와 '믿을 수 있는 정도 believability'가 얼마나 중요한지 완벽하게 설명하지 않은 부분이 있다. 하지만 이번 시간에는 지금까지 다룬 내용으로 충분하다. 나머지는 다음 시간을 위해 남겨두자.

나   수고했어요. '최악의 상상'에서 잘 벗어났어요.

숙제로 다른 내용의 생각 다이어트 노트를 한 번 더 작성해 오세요. 아직 D 열의 생각 바이러스는 작성하지 않아도 돼요. 다음 주에 다룰 부분이니까요. 이전과 동일하게 칸을 채우면 됩니다. 다음 시간에 만나요.

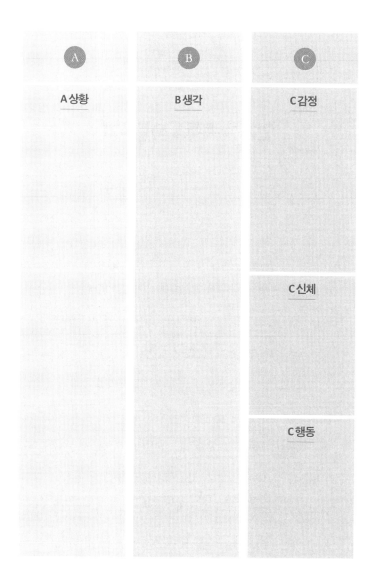

A	B	C
A 상황	**B 생각**	**C 감정**
		C 신체
		C 행동

147

인지 매트릭스 적용하기

나 잘 지냈어요? 좋은 일이 있어 보여요. 무슨 일 있나요?

당신 정말 좋아요. 생각 다이어트 노트를 적는 데 애를 좀 먹었지만요. 평소만큼 괴로운 일이 많지 않은 것 같아요.

나 아마도 최악의 상상에서 조금 벗어난 게 아닐까요?

당신 확실히 그런 것 같아요. 생각이 어떻게 작동하는지 집에서도 보여줬거든요. 다들 멋지다고 했어요. 아이가 10대인데, '와우, 내 문제도 정말 별거 아닌 것 같네.' 하더라니까요.

압도당한다는 기분이 들 때마다 생각 다이어트 노트를 사용하고 있어요. 그러니까 그 정도로 심각한 상황이 일어난 것 같지는 않더라고요. 저는 상황에 바로 반응하기보다 더 많이 생각하는 경향이 있고, 다소 사소한 사건들에 휘둘리기도 하거든요.

또 제가 해 본 일은 제 머릿속에서 무슨 일이 일어나는지 더욱 의식적으로 관심을 두는 거예요. 지난번에는 갑자기 제 친구가 저를 무시한다는 생각이 들기 시작했어요. 그 친구는 제가 지나치게 신경을 써야 하는 대상이라는 생각이 들더라고요. 그래서 내가 지금 독심술을 쓰고 있구나 깨닫고는 스스로에게 재빨리 말했죠. '나는 진짜 독심술사가 아니야.' 그랬더니 효과가 있더군요.

나　　멋지네요. 맞아요, 그럼 이번 주 생각 다이어트 노트를 살펴볼까요?

(다음 장의 생각 다이어트 노트를 참고하라.)

잠시 후.

당신　　제 불안을 100%에서 75%까지는 낮췄지만, 동창회에 가는 생각이 계속해서 머리에 맴돌아요. 그 걱정의 소용돌이처럼, 걱정을 멈출 수가 없어요.

나　　우선 잘되지 않았네요. 예전에도 말했지만 걱정은 손에 잡힐 듯 잡히지 않죠. 고집도 세고요. 살면서 생긴 습관이니 하룻밤에 사라지는 않을 거예요.

A 상황

고등학교 동창회에
초대받음.

B 생각

만약에 내가 살이 쪄서
뚱뚱하다고 생각하면
어떡하지?

동창회에 가보면 모두 정말
행복하고 성공했을 거야.
옷도 아주 비싼 옷을 입고
있을 거야.

내가 너무 지루하고
말주변이 없다고 아무도
나랑 이야기하지 않으려고
하면 어떡하지?

당황해서 얼굴이 빨개지면
모두들 나를 서 있는
신호등처럼 여기지 않을까?
그러다가 뭔가 멍청한
말이나 내뱉고,
숨도 제대로 못 쉬면 공황
상태에 빠질 텐데.

정말이지 가면 안 되겠다.
대참사가 일어날 거야.

C 감정

초조함,
쓸모없다는 생각,
당황스러움,
멍청함,
두려움
(75%)

C 신체

긴장함, 불안함,
제대로 숨을 쉴 수가 없음,
심장이 터질듯함,
속이 울렁거림.

C 행동

초대장을 숨김,
SNS(페이스북,
인스타그램)를 안 함,
걱정하기 시작함.

나　이제 상담이 거의 막바지에 이르렀기 때문에, 당신에게 정보와 기법을 더 많이 알려주기 위해서 이 생각 다이어트 노트를 수단으로 활용하고자 해요.

생각 사슬의 재구성 : 불안은 어떻게 커져갔는가

Ⓐ 상황

고등학교 동창회에 초대받았다. (그러니까 실제로 초대장을 받은 것이다.)

Ⓒ 감정

초조함, 쓸모없다는 생각, 당황스러움, 멍청함, 두려움. (주관적 고통지수SUDS 75%.)

Ⓒ 신체 감각

긴장함, 불안함, 제대로 숨을 쉴 수가 없음, 심장이 터질듯함, 속이 울렁거림.

Ⓒ 행동

초대장을 치웠다. SNS페이스북, 인스타그램를 안 하고, 걱정하기 시작했다.

태엽이 맞물려 돌듯이, 걱정이 시작되니까 괴로운 마음이 들며 다양한 신체 감각을 경험하기 시작한다. 이 경험을 일어날 일을 예상하며 불안해하는, 걱정이 만들어 낸 '예기 불안anticipatory anxiety'이라고 한다. 다시 말하지만 전부 당신의 상상이 만들어 낸 반응이다.

그런 다음, 당신은 그 초대장을 보고 아무도 그것에 대해 묻지 않도록 초대장을 서랍 깊숙한 곳에 넣어 자극동창회 초대을 피하려 노력한다. 이러한 행동을 '안전 행동safety behaviours'이라고 부른다. 불안을 촉발한 계기와 멀찍이 떨어져서 불안을 잠재우려고 노력하는 것이다.

이런 행동은 단기간에는 효과가 있겠지만 그게 전부다. 이 전략의 부작용은 불안을 야기한 계기가 두려우니 피해야 한다고 계속 믿는 것이다. 즉, 당신을 괴롭게 하는 초대장에 매여 있다는 의미이다.

그러면 이제 인지 처리 과정을 살펴보자.

인지 처리 과정의 재구성 : 생각 바이러스 발견하기

Ⓑ 생각

'만약에 내가 살이 쪄서 뚱뚱하다고 생각하면 어떡하지? 동창회에 가보면 모두 정말 행복하고 성공했을 거야. 옷도 아주 비싼 옷을 입고 있을 거야. 내가 너무 지루하고 말주변이 없다고 아무도 나랑 이야기하지 않으려고 하면 어떡하지? 당황해서 얼굴이 빨개지면 전부 나를 서 있는 신호등처럼 여기지는 않을까? 그러다가 뭔가 멍청한 말이나 내뱉고, 숨도 제대로 못 쉬면 공황 상태에 빠질 텐데. 정말이지 가면 안 되겠다. 대참사가 일어날 거야.'

나   '생각 바이러스를 찾아내려는' 노력이 보이네요. 한 번에 하나씩 살펴볼까요?

당신   제가 처음 알아차린 생각 바이러스는 '만약에?'란 표현이에요. 그래서 바로 제가 상황을 부정적으로 예측한다는 것을 알았죠. 독심술도 무수히 부렸더라고요. '이럴 거야, 저럴 거야.' 하며 미래도 점치고요. 전반적으로 부정적 정신 필터로 걸러진 생각이 많이 보였어요. 이분법적 사고로 '아무도, 모두, 전부.'라는 단어를 사용했고요. 이 생각에는 제가 생각하는 모든 것이 옳다고 스스로 확신하는 감정

적, 생물학적, 인지적 추론이 주를 이루고요. '하면 안 된다', '견딜
수 없어, 안 갈 거야.'로 생각을 끝내버렸네요.

나　정말 훌륭해요! 아주 잘했어요. 이제 몹시 비이성적인 이러한 생
각을 가지고 의미를 재구성할 수 있는 양식을 소개하고자 해요.
이성적인 생각을 할 수 있도록 말이죠. 그 양식을 '인지 매트릭스
cognitive matrix'라고 부릅니다.

비이성적 사고를 해결하기 위한 인지 매트릭스

자신이 마음을 읽고 미래를 예측할 수 있다는 생각은 사실에
근거하지 않는다. 실제로 동창들이 모두 행복하며 성공했는지도
알지 못한다. 또 마음대로 미래를 예언한 것뿐이다.

그 어떤 생각도 사실에 근거하지 않는데 어떻게 현실적일 수
있을까? 그저 자신의 비이성적 사고가 투영된 생각일 뿐이다.

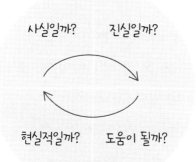

비이성적 사고를 해결하기 위한 인지 매트릭스
이성적인 사고를 하려면 스스로 질문해야 한다.
'나는 사실, 진실, 현실에 근거해서 생각하고 있을까?
이 생각이 나에게 도움이 될까?'

만약, 당신이 동창회에 도착하자마자 오래전 같은 반이었던 친구 무리가 다가와서 "세상에나! 왜 이렇게 살쪘어!"라고 말했다면, 나는 당신이 예측만으로 상대방의 마음을 읽었다는 사실에 대해 뭐라고 할 수 없을 것이다.

하지만 내가 묻고자 하는 것은 따로 있다. 이러한 생각을 머릿속에서 계속해봤자, 과연 당신에게 무슨 도움이 될까?

자, 실제로 동창들이 당신이 살이 얼마나 많이 쪘는지 알아채고, 당신은 정말로 병원에서 비만으로 판정받았다고 치자. 그렇다 하더라도 그들이 당신의 예측대로 생각하고 있다는 게 사실이라고 확신할 수 있는가? 그것이 그들의 진짜 의견일까?

> **TIP** 사람들은 당신이 아닌 자기 자신을 생각하며 99%의 시간을 보낸다는 것을 잊지 말자.

상상 속 동창회로 돌아가 보자. 동창회에 도착하니 친구들은 모두 실제로 행복하고, 값비싼 명품을 입고, 다이아몬드가 박힌 귀금속을 주렁주렁 달고 있다. 당신은 울렁이는 마음으로 동창들의 생각을 직접 들여다보고 나니(이것은 사실이 아닌, 순전히 당신의 예측이라는 걸 기억해라), 내가 훨씬 더 열심히 살았어야 한다고, 분명 동창회에 오지 말았어야 한다고 생각한다. 동창들의 가치, 믿음, 이상이 진정 중요한 것이며, 자신은 실패했다고 확신하며 결핍을 느낀다.

자신이 동창들과 같아야 한다는 것은 그들의 이상이 옳으며, 당신이 믿는 것은 틀렸다는 생각과 다를 바 없다. 헛소리다! 내가 현실을 즐긴다면 다른 사람이 어떻게 생각하는지 누가 신경이나 쓸까? (그들이 무엇을 생각하는지 실제로 아는 것도 아니면서 말이다.)

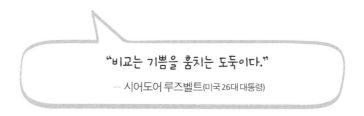

"비교는 기쁨을 훔치는 도둑이다."
— 시어도어 루즈벨트(미국 26대 대통령)

이제 당신은 '인지 매트릭스'가 자신의 사고를 평가하고 비이성적 대 이성적 사고를 결정하는 모형으로 어떻게 활용될 수 있는지 알았을 것이다. 우리의 목표는 이성적이며 도움이 되는 생각을 고수하는 것이다.

믿거나 말거나!

이번 시간에는 믿음, 가치, 이상에 대해 계속 이야기하고 있다.

타인의 의견이라고 생각되는 것은 사실이 아니며, 내가 무언가 해야 한다고 다른 사람이 생각해도 이는 그들의 이상일뿐이지 나의 현실과는 아무런 상관이 없다는 걸 기억해라.

믿음이라는 주제에서 앞서 언급했던 '믿는다believe'는 행위와 '믿을 수 있는 정도believability'가 무엇인지 설명할 때가 된 것 같다.

나　　적어 온 생각 기록을 다시 볼까요? 동창회를 생각할 때 주관적 고통 지수를 175%라고 평가했네요. 뚱뚱하고 멍청하다는 생각도 적었고요. 지금 이러한 생각을 이성적으로 바꿔봤는데, 어때요?

당신　훨씬 마음이 편하네요. 아마 불안이 30%밖에 안 되는 것 같아요.

나　　좋아요. 그럼 지금은 자신이 뚱뚱하고 지루한 사람이라는 믿음이 어느 정도 되나요? 1점에서 10점 사이로 점수를 준다면요?

당신　10점 만점에 7점이요. 그렇게 많이 바뀌지는 않았는데, 저 스스로 이렇게 생각하기 때문인가 봐요.

마음속에서 싸움이 일어나고 있다. 자신의 생각과 맞서 싸우면, 급격히 일어난 감정 상태Affect, 심리학에서 '정동'이라고 함 즉, 심리적 반응의 강도를 바꿀 수 있다.

반면, '믿을 수 있는 정도'를 바꾸는 것은 한층 복잡한 일이다. 자신에 대한 기본적인 믿음과 연결되어 있기 때문이다.

이번 장을 마무리하기 전에 비이성적인 생각을 이성적인 생각으로 대체할 수 있는 방법을 엿볼 몇 가지 통찰력을 제공하고자 한다. 다음 표를 보자.

비이성적 생각	이성적 생각
만약에 내가 살이 쪄서 뚱뚱하다고 생각하면 어떡하지?	남을 판단하는 동창에게 둘러싸이지 않기를 바란다.
동창회에 가보면 모두 정말 행복하고 성공했을 거야. 옷도 아주 비싼 옷을 입고 있을 거야.	그저 동창회일 뿐이잖아. 동창들이 어떤 삶을 사는지 꼭 알 필요는 없지.
내가 너무 지루하고 말주변이 없다고 아무도 나랑 이야기하지 않으려고 하면 어떡하지?	이야기할 사람이 없으면 일찍 나와야겠다.

당황해서 얼굴이 빨개지면 나를 서 있는 신호등처럼 여기시는 않을까?	동창회에서 수줍고, 어색하고, 또 조금은 당황할지도 모르지만 그런 사람이 나만은 아닐 거야.
그러다가 뭔가 멍청한 말이나 내뱉고, 숨도 제대로 못 쉬면 공황 상태에 빠질 텐데.	숨이 잘 안 쉬어지면 밖으로 나가 좀 거닐면서 호흡 연습을 해야지. 내가 공황이 와서 밖에 나갔다고 해도 서로 이야기하느라 바빠서 거의 보지 못할 거야.
정말이지 가면 안 되겠다. 대참사가 일어날 거야.	안 갈 이유가 뭐 있어? 일어날 수 있는 최악의 상황이 뭐지?

마음이 조금은 편안해졌을까?

다가올 일정에 겁을 먹었다면(예기 불안으로 괴롭다면) 생각 다이어트 노트에 생각을 적어 보자. 그런 다음 위에 제시한 이성적인 생각으로 대체하여 괴로움의 정도가 누그러지는 것을 살펴보자.

나   이제 마칠 시간이에요. 다음 시간 숙제는 없어요. 세상에 나가 자신의 내면세계를 독립적으로 돌볼 수 있도록 습득한 인지 치료 도구를 복습하며 몇 가지 전략만 더 익혀 보세요.

'플래시 카드'로
걱정은 줄이고, 불안은 빼자

나   자, 오늘은 우리가 마지막으로 만나는 날이네요. 오늘은 지금까지 배운 것들을 활용해서 당신이 어떻게 하면 잘 지낼 수 있는지 살펴보면 좋겠어요.

당신   요즘 제 생각과 느낌을 훨씬 잘 다루고 있다는 생각이 들어요. 제가 주로 실천하는 방법은 최악의 상상에서 벗어나는 것 ▶ 탈파국화 과 '~해야 한다'식 생각을 없애는 거예요. '해야 한다'고 믿는 대로 상황이 흘러가더라도, 마음을 진정시키고 상황을 지나치게 부풀려 생각하지 않는 데 정말 도움이 돼요. 아니면 억울한 마음이 들거나 화가 나지 않도록 해주고요.

특히 주변 사람들의 마음을 읽거나 미래를 예측하려고 하지 않아서 더욱 효과적으로 대화할 수 있어요. 아내와 의사소통이 잘 안된 것 같을 때도 생각 바이러스 목록을 활용하고요.

감정적 추론과 인지적 추론이 무엇인지 알고, 이러한 추론이 제 인식에 어떻게 영향을 미치는지 알고 나니, 느긋해져서 이제 감정에 따라 반응하지 않아요. 잠시 멈추고 심호흡을 한 뒤 저 자신에게 증거가 있는지 물어봐요. '이런 반응이 사실에 근거한 거야?' 하고요.

제 생각을 이성적으로 바꾸고 사실에 근거한 생각을 하려고 '인지 매트릭스'도 사용해요.

그런데 제가 가장 막히는 부분은 '과잉 걱정 소용돌이'에서 빠져나오는 거예요. 여기서 빠져나올 수 있는 방법이 있으면 좋겠어요.

나   그럼요. 제가 아직 완벽하게 설명하지 않은 방법이 남아 있어요. 플래시 카드를 다양하게 사용하는 방법이죠.

플래시 카드를 사용한 뇌 훈련

연구에 따르면 생각하는 방식을 바꾸고자 할 때, 새로운 사고 방식을 내면화해야 한다. 그러면 오래된 사고 습관을 바꿀 가능성이 더 커진다.

최악의 상상에서 벗어나기 위해 '이 상황이 실제로 얼마나 나쁠까?_{145p 참고}'라고 썼던 걸 기억하는가. 이 문장으로 흥분 정도를 낮춰서 과부하 된 감정을 더욱 효과적으로 다룰 수 있었다.

'만약에?'라는 질문으로 시작한 걱정은 부정적으로 ▶부정적정신필터 최악의 결과 ▶극대화 를 예측하며 ▶점쟁이 오류 이어진다는 것을 알아차릴 수 있다.

감정적·생물학적·인지적 추론은 자신이 왜곡한 생각이 진실이라고 스스로 확신한다. '걱정 좀 그만해.' 하고 생각하지만, 결국 낙타를 생각할 수밖에 없는 것처럼 말이다. 여기서 중요한 점은 가능한 한 재빠르게 걱정의 순환 고리를 벗어나는 것이다.

플래시 카드가 효과가 있으려면 적어도 하루에 15초 동안 보아야 한다. 플래시 카드를 그저 들고 있거나, 스치듯 보기만 해서는 아무런 의미가 없다. 5초 뒤에는 그 새로운 생각도 버려질 것이기 때문이다. 플래시 카드를 빠르게 훑어보기만 해서는 성공할 수 없으며, 새로운 사고방식을 내면화하려면 뇌에 새로운 길을 내야 한다. 이를 위해 플래시 카드를 성공적으로 활용할 두 가지 방법을 소개한다.

아래의 플래시 카드를 보자. 아마 당신은 플래시 카드에서 목적어를 선택할 수 있다는 걸 알아차렸을지도 모른다. 이처럼, 사기 자신생각과 이야기를 나눌 때 스스로 가장 효과적인 방법을 선택할 수 있도록 했다.

또한 플래시 카드에 '~에 대해 그만 걱정해.'라고 쓰지 않고 '어떻게?', '어디로?'라고 묻는 표현을 사용한 것도 눈여겨보기를 바란다. 이 두 가지 표현은 법과 인지행동치료의 뼈대가 되는 소크라테스식 문답법에서 사용하는 질문 형식이다. (다른 질문 형식으로 '언제?', '무엇을?'이라는 질문도 있다. '왜?'라는 질문은 도움이 되지 않

이런 생각은 나에게 / 당신에게
어떤 도움이 될까?

이런 생각은 나를 / 당신을
어디로 데려갈까?

플래시 카드

으므로 사용하지 않는다. 해결에 중점을 두지 않는 어려운 미션을 뇌가 수행해야 하기 때문이다.)

마지막으로, 내 전문 분야가 아니기에 자세하게 다루지는 못하지만, 신경과학 분야를 잠시 이야기하고자 한다. 다만, 확실하게 말할 수 있는 것은 우리가 뇌에 이러한 질문을 할 때, 뇌는 정답을 찾으려 한다는 것이다. 소크라테스는 이를 '길잡이식 발견법guided discovery'이라고 불렀다.

인지행동치료에서는 이렇게 정의한다.

내담자가 정보를 처리하는 과정에서 스스로 돌아볼 수 있도록 치료사가 사용하는 방법. 내담자가 질문에 답을 하거나 사고 과정을 돌아보며 대안을 찾을 수 있도록 사고의 영역을 넓혀주는 방법이다.

'이런 사고걱정는 당신에게 어떤 도움이 될까요?' 하고 뇌에 질문을 하면 '도움이 안 된다.'라는 답이 자연스럽게 나온다. 그러면 뇌는 미심쩍어하는 이 질문과 뜻을 같이한다.

본래 걱정하는 행동은 억누르거나 억제되지 않으므로 그만두기 힘든 행동이다. 반면, 이 질문은 그런 내면의 싸움을 벌이지 않고도 엄청난 차이를 만들어낸다.

책의 183~191쪽에 잘라서 사용할 수 있는 플래시 카드가 있으니 참고하길 바란다. 아니면 휴대전화에 플래시 카드의 메시지를 옮겨 적으면 언제 어디서든 꺼내 볼 수 있다.

걱정 미루기

이번에 소개할 기법은 '걱정 미루기' 연구에서 따왔다. 일부 이론에 따르면 다음과 같이 하라고 제안한다.(무슨 일이 있어도 마음이 내킬 때 해야 한다.)

걱정하는 시간을 매일 저녁으로 미뤄 두자. 말하자면 저녁 6시에 30분 이내로 걱정하는 시간을 가지는 식이다. 아무런 방해도 받지 않고 자리에 앉아 걱정을 할 수 있다. 휴대전화도 텔레비전도 끄고, 다른 사람과 말도 하지 않고, 오직 걱정만 한다. (아, 더 바랄 게 없다!) 단, 이 시간 동안 걱정하는 모든 것을 노트에 적어야 한다.

이렇게 하면 일터에서 프로젝트에 대한 걱정이 들려고 할 때 스스로 생각한다.

'지금 당장은 걱정하지 않을 거야. 집에 도착해서 보낼 걱정 시간을 위해 아껴놔야겠다.'

이 전략이 가능한 근거는 뇌가 걱정을 마음껏 할 수 있다는 사실을 알고있기 때문이다. 지금은 아니지만 잠시 뒤에, 오늘 내로 말이다.

이렇게 며칠이 지나면 두 가지 현상이 나타난다. 우선 걱정 연습이 지루하고 다소 짜증이 나며 어서 끝나기를 바란다. 다음으로 걱정 노트를 다시 살펴보면 이틀 전에 걱정한 것인데도 기억이 잘 안 난다.

이를 통해 뇌를 의무적으로 걱정의 홍수에 빠뜨려 왔지만, 점차 걱정 연습이 얼마나 헛된 일인지, 또 걱정이 얼마나 허무한지 경험한다.

걱정 연습은 시간을 낭비하는 일이지만, 내가 만나 본 사람 중에 실제로 걱정 연습을 귀찮아하는 사람은 거의 없었다. 그러니 설령 당신이 이렇게 느끼더라도 당신만 그런 것은 아니니 안심하길 바란다.

지금은 아니야!!!

나는 걱정 미루기 접근법의 핵심 기법을 빌려와 위의 플래시 카드에 활용했다. '지금은 아니야.'라는 표현으로 걱정할 기회가 나중에 또 있다고 뇌에 약속하며, 걱정을 미루라고 요구한다.(이 표현은 만족을 미루는 방법으로도 사용한다.)

어떤 내담자는 '지금은 아니야.'라는 기법이 가장 유용하다고 하면서 이렇게 묘사하기도 했다.

이 방법을 쓰다 보니 제가 4살쯤 부모님과 밖에 나가서 아이스크 림을 사달라고 떼를 부릴 때가 생각이 났어요. 제 기억에 부모님이 '지금은 아니야.'라고 말했을 때, 지금 당장은 아니더라도 아이스크 림을 먹을 수 있을 것이라는 생각이 들었거든요. 나쁜 행동을 서 서히 줄인다면 아이스크림을 더 빨리 먹을 수 있을 거라는 생각도 했어요.

이게 바로 '지금은 아니야.' 기법이 뇌에 전달하는 내용이다. 걱정을 하고 싶은 이유는 걱정하면 불안이 완화될 것이라고 믿기 때문이다. '걱정하고 싶으면 기다려.'라는 말을 들으면 실제로 불안이 점점 완화되는 것을 알 수 있다.

다시 말해 이런 접근법은, 걱정은 결과를 바꾸지 않으며 걱정을 계속하는 것은 뇌에 마구잡이로 걱정을 채우는 일에 지나지 않는다는 사실을 영리하게 보여준다.

COLUMN
의식의 한계

종종 우리 인간의 위대함은 끝이 없다고 믿으며 뇌도 무한한 힘을 지녔다고 믿는다. 유전자DNA나 유전자의 난해한 복잡성을 다룬 글을 읽을 때, 우리 의식에도 이런 복잡성이 적용된다고 쉽게 가정한다. 그러나 이런 복잡성은 의식의 처리 과정에 적용되지 않는다. 모든 것은 질서 정연하게 구조화되어야 한다. 뇌는 너무 많은 것을 처리할 수가 없는데, 그렇지 않으면 뇌는 혼란에 빠지기 시작한다.

예를 들어, 나와 당신 단둘이서만 이야기를 한다면 당신은 안정적으로 대화에 집중할 수 있다. 하지만 방에 나른 사람이 들어와 이야기한다면 집중하기가 조금 어려워지고, 다른 누가 또 들어와 이야기하면 절대로 집중할 수가 없을 것이다.

머릿속을 너무 많은 걱정과 부정적인 생각으로 가득 채우면 주의를 기울이고, 집중하고, 생산적인 생각을 할 능력이 손상되고 만다. 그 이유는 의식을 담당하는 뇌는 딱 그 정도 공간만 있기 때문이다. 그러므로 자신에게 호의를 베풀어 뇌를 '과잉 걱정'으로 가득 채우지 않도록 해야 한다.

염려와 걱정

염려와 걱정은 다르다. 이제 걱정의 순환 고리에 빠져서는 아무것도 달성하지 못한다는 것을 안다.

반면 염려는 머릿속에 기간, 해결책, 실행 계획 같은 구체적인 목적이 있다. 예를 들어 염려는 이럴 때 도움이 된다.

- 두려운 상황이 벌어질 때 피할 수 있으면 피하고, 그 영향을 최소화하도록 계획 세우기
- 혹시라도 두려운 상황이 벌어지면 발을 내디뎌 실행 계획 실천하기
- 기간별로 도움을 받을 수 있는 사람과 해야 할 일 목록 만들기

걱정이 아니라 '염려'라는 단어를 사용하자. '무언가 염려가 돼.'라고 생각하며, 즉각적인 해결 방법 같은 실천 행동이 뒤따라야 한다고 자신에게 암시를 주자.

걱정 조절 기법

다음에 나오는 도식은 되풀이되는 생각걱정을 즉시 구조화할 수 있는 도구다. 이 도식을 사용하여 실행 계획을 세울 수 있다. 되풀이되는 생각은 적은 다음 놓아주자. 직장과 관련된 문제에 특히 도움이 되는 방법이다. 도식을 복사해서 침대 옆에 두자. 걱정으로 잠이 깨버린 어느 밤에 생각과 해결책을 기록함으로써 쉽게 다시 잠들 수 있을 것이다.

관심 돌리기

이 도식에서 또 다른 중요한 부분은 관심을 돌리는 것이다. 만성적 통증과 과잉 생각 분야 모두 관심을 돌리는걸 가장 강력한 기법으로 꼽는다. 할 수 있다면 다른 것을 생각하거나 다른 일을 하면 된다. '딴생각을 하자.'

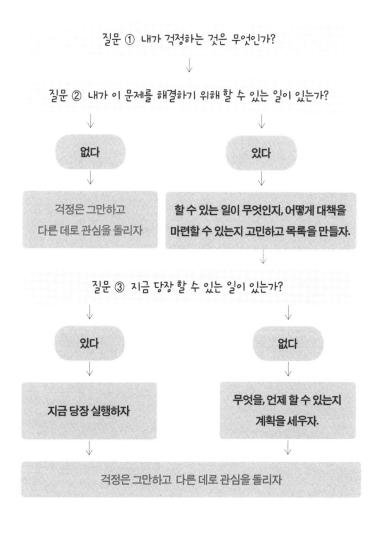

걱정 판단 맵

걱정 판단 맵은 걱정되는 문제를 해결하기 위한 구조적 방법이다.
걱정을 떨칠 수 있게 도와주는 일련의 질문을 자신에게 순서대로 던지는 방식이다.

호흡하기

불안한 마음이 들 때, 이 호흡법을 기억하면 실제로 도움이 된다. 항상 숨을 쉬고 있는데 숨만 쉰다고 도움이 될까 싶겠지만, 실제로 불안할 때 일어나는 신체 반응 중 하나가 숨을 참는 행동이다. 이는 상황 전체를 악화시킨다.

불안한 마음이 들 때 이렇게 호흡해 보자.

- 6까지 셀 동안 숨을 참는다.(숨을 깊게 쉬거나 빠르게 쉬면 안 된다.)
- 숨을 내쉰다.
- 3을 세며 숨을 들이쉰다.
- 3을 세며 숨을 내쉰다.
- 3을 세며 숨을 들이쉰다.
- 3을 세며 숨을 내쉰다.
- 계속 반복한다.

마지막으로, 도움이 되는 생각

지금까지 사실, 현실, 진실에 근거하여 생각해야 한다고 무수히 이야기했다. 그러나 '도움이 되는' 생각의 중요성은 아직 언급하지 않았다.

2009년에 유방 절제술을 두 쪽 다 받은 이후 나는 (유방암을 막 진단받은 사람에게 필독서로 꼽히는) 『유방암, 괜찮을 거예요Breast Support /국내 미출간』라는 책을 썼다. 이 책의 '걱정 로터리를 벗어나는 방법how to get off worry roundabout'이라는 장에서 도움이 되는 생각의 중요성을 논의했다. 나는 또 한 번 내 작품을 표절하고자 한다.

'도움이 된다.'는 아름다운 표현을 보고 있자면, 나는 적십자를 상징하는 마크가 떠오른다. 사람을 돕는 사람을 상징하는 이 심벌 마크는 전 세계에서 알아본다. 테러리스트와 극단주의 자만이 적십자 표시를 존중하지 않는데, 그 이유는 그들의 광적인 신념 체계 때문이다.

'도움이 된다.'는 표현은 판단을 내리는 데 도움이 된다는 말이 아니다. '해야 한다/하면 안 된다'라는 사고에 근거하지 않고, 무엇이 '정상/비정상'인지, 무엇이 '옳고 그른지' 단언하지 않을 수 있게 한다.

그래서 만약 무언가 잘못되더라도, 누군가 당신에 대해 못된 말을 하더라도, 이러한 생각을 곱씹을 가치가 있는지 스스로 질문해야 한다.

'이 생각이 나에게 어떤 도움이 될까?'

자, 바로 그거다. '도움이 되는' 정보를 모두 이해했기를 바란다.

본 책이 치료의 대안은 아니다. 하지만 치료비를 감당하기 힘든 사람들 또는 그저 혼자 노력해보고 싶은 사람들에게 도움이 되리라 믿는다. 이 책은 이들에게 머릿속에 침투한 지나친 걱정을 다루는 데 좋은 영향을 미칠 것이다. 만약, 읽은 후에도 전과 달라지지 않는다면 전문 심리학자에게 도움을 청하면 좋겠다. 당신의 불안은 또 다른 상황의 결과일 수도 있기 때문이다.

나   "모든 일이 잘되길 바라며, 당신과 함께해서 정말 좋았다."

중요 내용 꼭 기억하기

● 머리는 어깨 위에 있다. 그러므로 인간을 구성하는 모든 요
소신체, 행동, 감정, 인지는 떼려야 뗄 수 없는 관계다. 이러한 상
호 연결은 우리 세계에서 부정적이고 긍정적인 측면을 모두
작동시킨다.

● 걱정한다는 말의 정의는 끊임없이 부정적으로 최악의 미래
를 예측하는 것이다.

● "생각이 당신의 능력을 발휘하는 데 방해가 된다면, 생각이
너무 많은 것은 문제가 된다."

  ─로버트 시에프 박사(정신과 의사 겸 인지행동치료사)

- 이론적으로 불안에 유전적 요인이 미치는 영향이나 기여하는 정도가 25~40%로 추정된다.

- 걱정이 많은 사람에게 '그냥 걱정 좀 그만해.'라고 말하는 것은 아무 소용이 없다.

- 아이들은 어른이 걱정하는 행동을 목격하면, 걱정이 중요하다고 믿기 시작한다. 어른이 하는 행동이기 때문에 틀림없이 실제로 중요한 일이며, 생존에도 필수적인 일이라고 생각하기 때문이다.

- 연구에 따르면 '과잉 걱정'은 기분에 오랜 기간 영향을 준다고 명확히 밝혀졌으며, 우울증과 매우 강력한 관계가 있다.

- 걱정을 한다는 것은 미신적 행동이다. 예측 능력이나 예방 효과는 전혀 없다.

- '만약에'라는 표현이 떠올랐다고 알아차렸을 때, 가능한 한

빨리 그 생각을 내려놓자. 다른 데로 관심을 돌리고 플래시 카드를 사용하자. 이런 생각은 일단 한번 작동하면 끝도 없이 당신을 걱정의 소용돌이 속으로 끌고 내려갈 뿐이다.

● 불안은 내부, 외부 모두 촉발될 수 있다. 생각은 우리 몸의 전체 시스템을 두려움에 기반한 경계 모드로 작동시킬 수 있다(공황 상태에 빠질 수 있다).

● 생각을 어떻게 바꾸느냐가 핵심이다.

● '의미의 재구성' 기법을 잊지 말자. 인식은 현실과 다르다.

● A=현실(현실은 문제가 아니다)
  B=생각, 인지(대부분 치료가 개입하는 지점)
  C=감정 반응, 신체 반응, 행동 반응(문제가 존재하는 지점)

● 비이성적 생각은 과장된 감정을 불러일으키는데, 이는 이 생각이 사실이라고 믿기 때문이다.

- 뇌는 당신을 속일 수 있고, 실제 속이기도 한다. 이는 생각 바이러스 때문에 가능하다. 그래서 생각 바이러스를 전부 외워야 한다! (부록2 참고)

- 이 책에서 배운 것을 가까운 사람들과 공유해서, 그들도 인지 언어에 익숙해져야 한다. 특히 생각 바이러스는 꼭 공유하자.

- 누군가를 많이 사랑한다고 해도 상대의 마음을 읽을 수는 없다. 상대방도 마찬가지로 당신의 마음을 읽지 못한다.

- 최악의 상상에서 벗어나는 것은 탈파국화 스스로 진정하는 가장 쉽고 빠른 방법이다. '무서움 척도'를 사용하는 것을 잊지 말자.

- 이성적 사고는 사실, 진실에 근거하며, 현실적이고 도움이 된다.

- 비이성적 사고는 의견과 이상에 근거한다. 이성적 사고를 고수하자!

- 해결책을 고민하는 염려가 걱정보다 훨씬 낫다.

나 자신과 이야기 나누는 효과적인 방법

APPENDIX 1

플래시
카드

본래 걱정하는 행동은 억누르거나 억제되지 않으므로 그만두기 힘든 행동이다. 반면, 이 질문은 그런 내면의 싸움을 벌이지 않고도 엄청난 차이를 만들어낸다. 부록 1에서는 어디서나 사용할 수 있는 플래시 카드를 실었다. 아니면 휴대전화에 플래시 카드의 메시지를 옮겨 적으면 언제 어디서든 꺼내 볼 수 있다.

현실을 바꿀 수는 없지만
생각하는 법을 바꾸면
현실을 어떤 식으로 바라볼지 바꿀 수 있다.

틀린 것도 매우 사실처럼 느껴질 수 있다.
느낌을 사실이라고 착각해서는 안 된다.

인지한 위협이
목숨을 위협할 정도는 아니다.

점선을 따라 카드를 잘라서 사용하세요

이 생각이
나를
어디로 이끌까?

이 생각이
나에게
어떤 도움이 될까?

내 생각이
어느 정도 사실일까?

점선을 따라 카드를 잘라서 사용하세요

느낌은 사실이 아니다.
믿음도 사실이 아니다.

불편함은 물론 편하지 않겠지만,
그렇다고 죽지는 않는다.
호흡하면서 잘 견뎌 보자.

지금은 아니야!

점선을 따라 카드를 잘라서 사용하세요

내가 한 생각에
겁을 먹은 것뿐이다.

걱정하는 행동은 괴로움만 유발할 뿐
아무런 득이 되지 않는다.

걱정은
미신적 행동이다.

점선을 따라 카드를 잘라서 사용하세요

〈무서움 척도〉

0% ------------------- 100%

이 상황이 실제로 얼마나 나쁠까?

사실 vs 의견

현실 vs 이상

사실인가? 도움이 되는가?

점선을 따라 카드를 잘라서 사용하세요

STOP
OVERTHINKING!

부 정 적 인 생 각 을 즉 시 판 별 하 고 몰 아 내 는 법

APPENDIX 2

생각 바이러스
목록

우리의 정보 처리 시스템에 컴퓨터 바이러스에 상응하는 생각 바이러스가 들어오면 비이성적으로 생각하게 된다. 이러한 비이성적 생각은 과장된 감정을 불러일으킨다. 우리는 이 과장된 감정을 사실이라고 믿는다. 다음은 인지 처리 시스템에 침투해서 현실을 해석하고 관리할 때 대혼란을 주는 '생각 바이러스'의 목록이다.

생각 바이러스 목록을 반드시 외워서 이러한 생각이 들 때 발견하고 이름을 붙일 수 있도록 합시다!

개인화(Personalisation)

자신과 관련이 없고, 애초에 책임도 없는 외부 사건의 원인이 자기 자기 때문이라고 믿는다.

감정적 추론(Emotional reasoning)

무언가 틀림없이 사실일 것이라고 느낀다는 이유만으로 스스에게 그 믿음이 사실이라고 설득한다.

극대화(Magnification, 파국화)

두더지가 판 두둑이 산으로 둔갑할 때 극대화가 일어난다. 문제를 과장하고 또 과장하다가 압도당해서 질려버릴 때까지 멈추지 않는다.

극소화(Minimisation)

극대화와 반대 개념. 자신이 이룬 유의미한 성취를 산이라 할 때 이를 두더지가 판 두둑으로 축소하는 것이다. 그렇게 하면서 자신의 강점과 이상적인 자질을 알려고 하지 않는다.

긍정적인 면 과소평가하기(Disqualifying the positive)

부정적인 면에 집중할 뿐 아니라 당신이 이룬 긍정적인 면도 걸러낸다.

도덕적 '해야 한다'(Moralistic 'shoulds')

'해야 한다'식 사고는 사실이 아니라, 가치와 믿음에 근거를 둔다. (도움이 되는 교육적 '해야 한다'와 반대되는 개념이다.)

독심술 오류(Mind-reading)

기분에 따라 제멋대로, 사람들이 자신에 대해 부정적으로 생각하고 있다는 결론을 내리지만, 이 결론이 사실이라는 증거는 하나도 없다.

'못 견디겠어'식 사고('I can't stand its')

잠시도/다른 말도/또 다른 상황도 참을 수가 없다고 스스로에게 말할 때, 이 생각이 사실이라고 믿기 시작한다.

부정적 정신 필터(Negative mental filter)

인생의 부정적이고 어두운 면만 보려는 경향을 말한다.

생물학적 추론(Biological reasoning)

어떠한 신체 감각이 '틀림없이 자신에게 무언가 정말 나쁜 일이 일어날 것'을 의미하는 신호라고 성급하게 가정을 세울 때 일어난다.

이름 붙이기(Labelling)

지나친 일반화. 자신이 잘못했던 것만 골라내서 부정적인 혼잣말을 떠올리는 것이다. (예시. '나는 항상 같은 실수를 해, 나는 정말 바보 천치야.')

이분법적 사고(All-or-nothing thinking)

세상은 항상/절대로, 아무도/모두, 모든 것/아무것도 같은 단어를 사용하며, 매우 흑백논리로 점철된 것처럼 보인다.

인지적 추론(Cognitive reasoning)

감정적 추론과 아주 비슷한 생각 바이러스. 무언가 사실이라고 생각하고 심지어 믿기까지 해서 틀림없이 그러리라 판단하는 가정을 말한다.

점쟁이 오류(Fortune-telling)

끊임없이 부정적인 결과를 예측한다.

지나친 비약으로 결론 내리기(Jumping to conclusions)

가정을 세운 토대를 뒷받침할 증거는 없지만, 자신의 믿음에 뿌리를 두고 부정적인 해석을 한다. 이 생각 바이러스에 두 가지 요소는 '독심술 오류'와 '점쟁이 오류'다.

지나친 일반화(Overgeneralisation)

하나의 유쾌하지 않은 사건 실패가 끝도 없이 반복되는 것처럼 보인다.

파국화(Catastrophising)

최악의 상상, 극대화 참고.

'해야 한다'식 사고(Shoulds, musts and have tos)

'해야 한다'식 사고는 동일한 감정/신체/행동 반응을 야기한다. 수 세기

동안 죄책감을 부여하며 사람들을 다스리는 데 사용된 통제 기반의 표현으로, 중독성이 높다! 자신에게 호의를 베풀고, '해야 한다'식 사고를 없애자.

STOP
OVERTHINKING!

소 란 한 머 릿 속 을 깔 끔 하 게 정 리 하 는 노 하 우

생각 다이어트
노트

너무 많은 생각으로 머릿속이 가득 찬 것 같다면, 차분히 앉아 생각 다이어트 노트를 적어보자. 이렇게 기록된 생각들을 살펴보면 쉽게 생각 바이러스를 식별해낼 수 있다.

A	B	C	D
A 상황	**B 생각**	**C 감정**	**D 생각 바이러스**
		C 신체	
		C 행동	

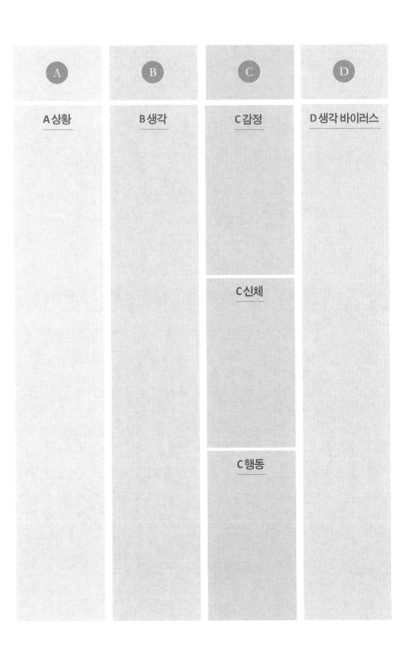

A · Ⓐ

A 상황

B · Ⓑ

B 생각

C · Ⓒ

C 감정

C 신체

C 행동

D · Ⓓ

D 생각 바이러스

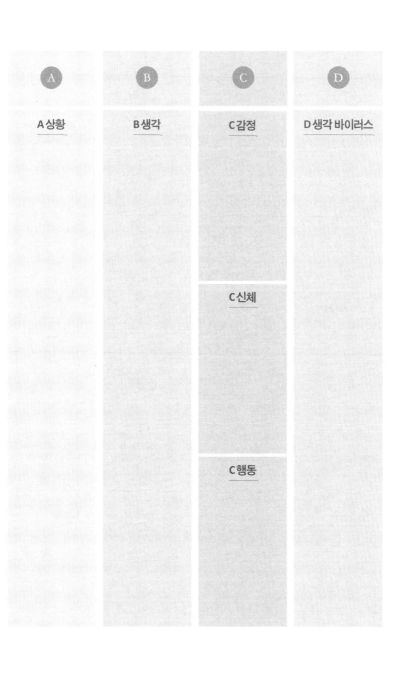

A	B	C	D
A 상황	B 생각	C 감정	D 생각 바이러스
		C 신체	
		C 행동	

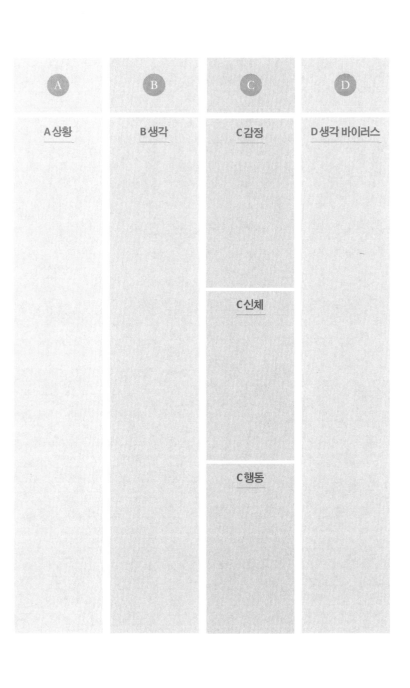

A	B	C	D
A 상황	**B 생각**	**C 감정**	**D 생각 바이러스**
		C 신체	
		C 행동	

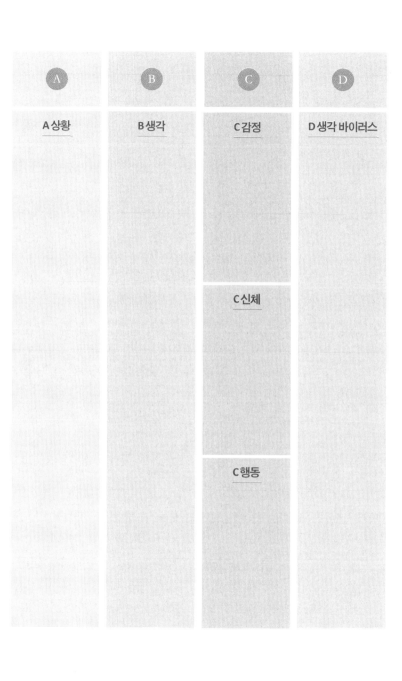

A	B	C	D
A 상황	**B 생각**	**C 감정**	**D 생각 바이러스**
		C 신체	
		C 행동	

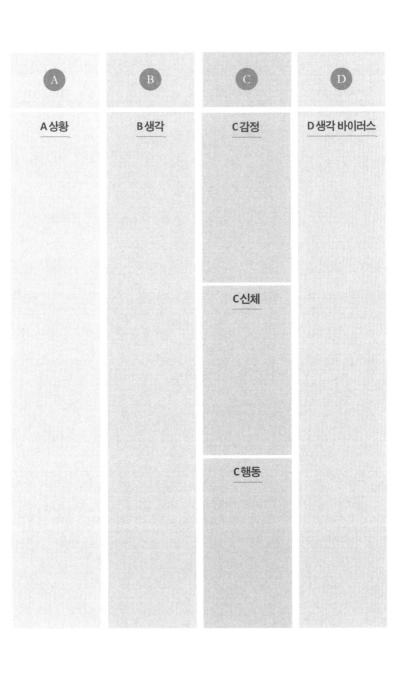

A 상황

B 생각

C 감정

C 신체

C 행동

D 생각 바이러스

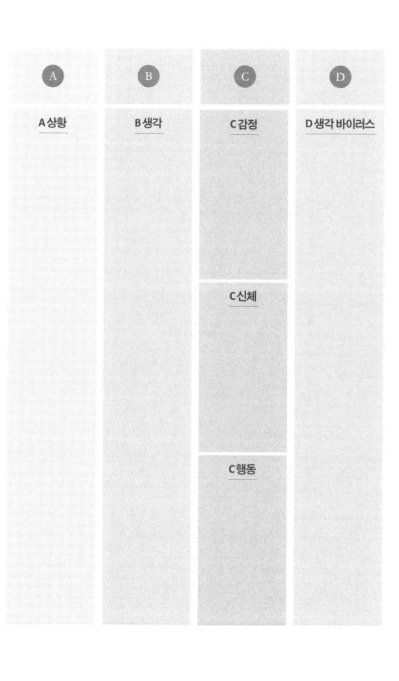

A 상황

B 생각

C 감정

C 신체

C 행동

D 생각 바이러스

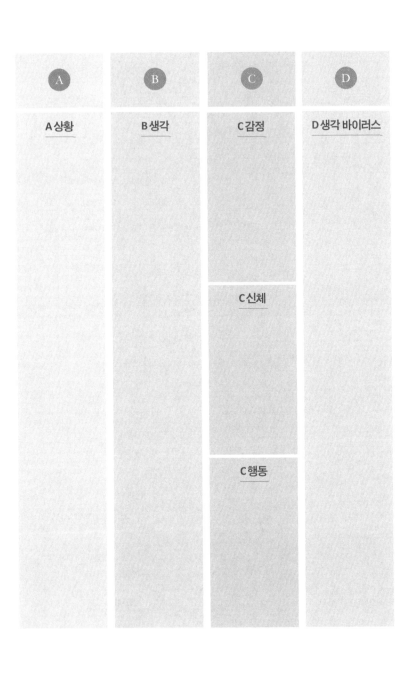

A <u>A 상황</u>

B <u>B 생각</u>

C <u>C 감정</u>

<u>C 신체</u>

<u>C 행동</u>

D <u>D 생각 바이러스</u>

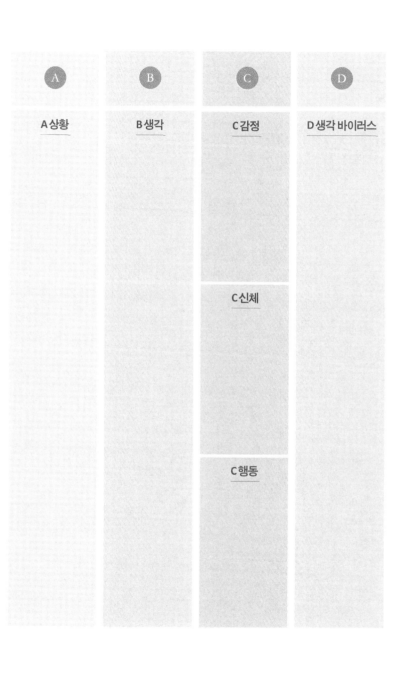

A	B	C	D
A 상황	B 생각	C 감정	D 생각 바이러스
		C 신체	
		C 행동	

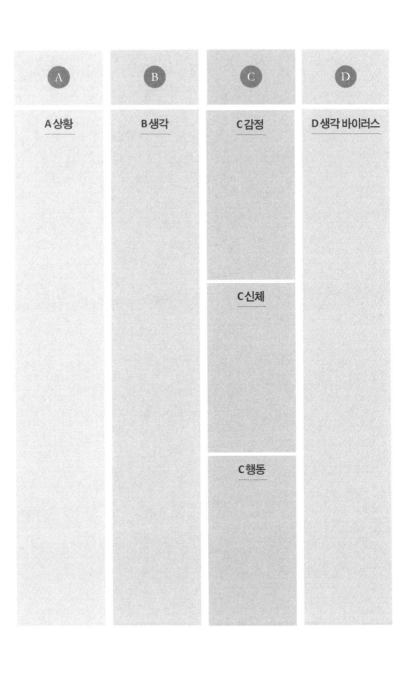

A	B	C	D
A 상황	B 생각	C 감정	D 생각 바이러스
		C 신체	
		C 행동	

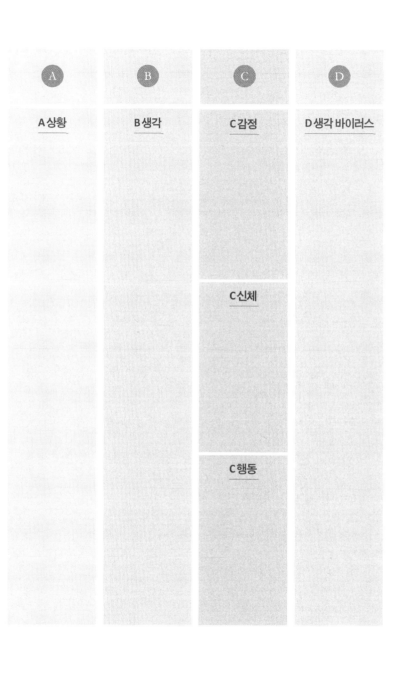

A   **B**   **C**   **D**

A 상황	B 생각	C 감정	D 생각 바이러스
		C 신체	
		C 행동	

생각 무게 줄이기

초판 1쇄 인쇄일 2021년 9월 14일 • 초판 1쇄 발행일 2021년 9월 25일
지은이 그웬돌린 스미스
옮긴이 최희빈
총괄기획 정도준 • 기획편집 김유진, 최희윤 • 마케팅 김현주
펴낸곳 (주)도서출판 예문 • 펴낸이 이주현
등록번호 제307-2009-48호 • 등록일 1995년 3월 22일 • 전화 02-765-2306
팩스 02-765-9306 • 홈페이지 www.yemun.co.kr

주소 서울시 강북구 솔샘로67길 62 코리아나빌딩 904호

ISBN 978-89-5659-408-8 03180